Une fille
cache l'autre

Abbi Glines

Une fille cache l'autre

Traduit de l'anglais (États-Unis)
par Camille Bocquillon

La Martinière j.
FICTION

Déjà paru :

Photographies de couverture : © Dan Howell/Shutterstock ;
© Mike Laptev/Shutterstock ;
© CURAphotography/Shutterstock.

Édition originale publiée en 2012 sous le titre *The Vincent Bothers*
par Simon Pulse, une marque de Simon & Schuster Children's
Publishing Division, New York.

ISBN : 978-2-7324-6221-9

Conforme à la loi n° 49-956 du 16 juillet 1949
sur les publications destinées à la jeunesse.

www.lamartinierejeunesse.fr
www.lamartinieregroupe.com

Prologue

Ashton s'est assise sur la branche de notre arbre préféré. Autrefois, elle avait besoin de mon aide pour grimper. Plus maintenant. Elle n'avait plus besoin de moi. Je n'avais jamais eu le cœur brisé – jusqu'à aujourd'hui. Le simple fait de respirer était devenu difficile depuis le jour où j'étais sorti de l'église et l'avais vue avec Beau. J'avais tout de suite su que je l'avais perdue.

— Impressionnant. On dirait que tu as fait ça toute ta vie, ai-je dit assez fort pour qu'elle m'entende.

Elle m'avait envoyé un texto me demandant de la rejoindre, mais j'étais là depuis longtemps. J'avais besoin de réfléchir. C'était ici que tout avait commencé. Logique que ce soit là que ça se termine.

Elle a affiché cet air surpris qui la rendait si adorable.

— J'étais déjà là quand j'ai eu ton message, ai-je expliqué.

Un sourire s'est dessiné sur ses lèvres.

— Oh !

— Que me vaut l'honneur de ce texto ?

Je me doutais de la réponse. Mais je voulais l'entendre de sa bouche. Je me suis levé et me suis approché, non sans avoir remarqué qu'on nous observait, un peu plus loin, à l'abri des arbres. Apparemment, Beau souhaitait lui aussi me parler. Ou il l'avait suivie.

— Je voulais savoir comment tu allais. Beau m'a parlé d'une commotion cérébrale.

Je n'ai pas pu m'empêcher de rire. J'ai attrapé un caillou et l'ai lancé dans le lac.

— Il t'a dit comment c'est arrivé ?

— Oui, a-t-elle admis, une pointe de culpabilité dans la voix.

Il avait dû lui avouer m'avoir frappé. Ashton, cependant, n'avait pas à se sentir coupable.

— Je l'ai mérité. Je me suis comporté comme un con avec toi, cette semaine.

Mon cœur s'est serré dans ma poitrine. Je ne me pardonnerai jamais d'être resté les bras croisés pendant que tout le monde la malmenait. Je l'avais laissée tomber. Ça ne me ressemblait pas.

— Je n'aurais pas dû les laisser te traiter de cette façon. Franchement, ça m'a soulagé que Beau me mette une raclée.

— Quoi ?

Ma confession a semblé l'étonner. J'ai eu encore plus de mal à respirer.

— On se connaît depuis toujours, Ash. Je n'aurais pas dû te tourner le dos à la première occasion. C'était minable de ma part. Tu n'étais pas la seule fautive dans cette histoire. C'était aussi la faute de Beau. Et la mienne.

— La tienne ?

— Je savais qu'il était amoureux de toi. Ça se voyait, à sa façon de te regarder. Et je savais que tu l'aimais, toi aussi, plus que moi. Vous aviez un lien spécial, qui m'excluait. J'étais jaloux. Beau est mon cousin et tu es la fille la plus jolie de l'univers. Je te voulais pour moi. Alors je t'ai demandé de sortir avec moi, sans en parler d'abord à Beau, sans lui avoir demandé ce qu'il en pensait. Tu as accepté et, comme par magie, le lien qui vous unissait s'est brisé. Finies, les nuits à papoter sur ton toit et toutes les fois où j'ai dû vous tirer d'affaire parce que vous vous étiez attiré des ennuis. C'était comme si vous n'aviez jamais été amis. J'étais égoïste et j'ai repoussé mon sentiment de culpabilité jusqu'à ce qu'il disparaisse. Mais il refaisait surface chaque fois que je surprenais le regard de Beau sur toi. J'avais peur que tu comprennes ce que j'avais fait et que tu te rapproches de lui. Peur de te perdre.

C'était la première fois que j'exprimais ce que je ressentais. Pendant des années, j'avais enfoui mes sentiments, refusant même d'y penser. J'avais regardé Ashton changer pour moi, sans jamais dire un mot. Tout ça, c'était ma faute.

Ashton a passé sa main dans mes cheveux. J'ai eu envie de fermer les yeux et de pousser un long soupir. L'aimerai-je toujours de cette façon ? Allais-je passer ma vie à souffrir de mes erreurs ?

— Je t'aimais aussi, Sawyer. Je voulais être une fille bien pour toi, être celle que tu méritais.

Ses paroles m'ont rappelé pourquoi ça n'avait pas marché entre nous. Elle avait été parfaite depuis le début, et je lui avais laissé croire que j'en attendais plus.

— Tu *étais* parfaite, Ash. Tu n'avais pas besoin de changer pour moi. J'ai eu tort de t'avoir laissé croire le contraire. Au fond de moi, je le savais, et je savais qu'un jour la vraie Ashton se battrait pour regagner sa liberté. C'est ce qui est arrivé. Et le fait que ça se soit passé avec Beau ne me surprend pas.

— Je suis désolée, Sawyer. Je n'ai jamais voulu te faire souffrir. J'ai tout gâché. Mais tu n'auras pas à me voir avec Beau. Je vais sortir de vos vies, tu vas pouvoir le retrouver.

Ne voyant pas Beau se ruer hors de sa cachette, j'en ai déduit qu'il était trop loin pour nous entendre. J'ai posé ma main sur celle d'Ashton. J'étais le seul à pouvoir la convaincre de renoncer à ce qu'elle allait faire. Il était temps de la laisser partir.

— Ne fais pas ça, Ash. Il a besoin de toi.

Elle m'a adressé un sourire triste et a secoué la tête.

— Non, c'est aussi ce qu'il veut. Il m'a à peine adressé la parole aujourd'hui. À part pour prendre ma défense.

Elle était si loin du compte.

— Ça ne durera pas, crois-moi. Il n'a jamais été capable de t'ignorer. Il traverse une période difficile en ce moment, et il est seul. Ne le rejette pas.

Elle a sauté de la branche pour me prendre dans ses bras. Je savais que ce serait la dernière fois.

— Merci. Ta sollicitude me touche beaucoup, mais il a davantage besoin de toi. Tu es son frère. Je ne veux pas être un obstacle entre vous, vous avez trop de choses à régler.

La douleur était presque insoutenable. J'ai tendu la main pour jouer avec une mèche de ses cheveux. Ses boucles parfaites m'avaient toujours fasciné. Elles lui donnaient des airs de princesse de conte de fées, même quand elle se comportait comme un garçon manqué. J'avais perdu ma princesse, mais les souvenirs que j'avais d'elle valaient largement la douleur qui me comprimait la poitrine.

— Même si j'ai eu tort de sortir avec toi sans me soucier de ce que Beau ressentait, je ne le regretterai jamais. J'ai vécu trois années formidables avec toi, Ash.

Je lui faisais mes adieux. Au loin, Beau attendait que je m'en aille. C'était son tour à présent. J'avais eu ma chance et je l'avais gâchée. J'ai laissé sa mèche glisser entre mes doigts, me suis retourné, et suis allé rejoindre mon frère.

1

Six mois plus tard...

Sawyer

Je savais que je n'aurais pas dû venir à cette fête, mais je ne pouvais pas les éviter éternellement. Je devais faire comme si je me fichais que Beau et Ash sortent ensemble.

— Prends ça, mec.

Ethan m'a mis un gobelet de bière entre les mains. J'ai froncé les sourcils.

— Bois. T'en as besoin. La vache, rien qu'à vous voir, j'en ai besoin moi aussi.

Heureusement, il avait parlé à voix basse et personne n'avait entendu. Je sentais leurs regards posés sur moi. Ils attendaient tous de voir comment j'allais réagir. Cela faisait six mois qu'Ashton m'avait quitté pour mon frère. J'avais moins de mal à les voir ensemble, maintenant, mais je préférais quand même garder mes distances. Pour la première fois, je devais être témoin des élans amoureux de mon frère, qui caressait et embrassait Ashton dès qu'il en avait l'occasion.

Ethan avait raison. J'avais besoin d'un verre. J'ai porté le gobelet à mes lèvres et ai bu une longue gorgée. Tout ce qui pouvait me distraire de la démonstration d'affection qui se déroulait sous mes yeux était bienvenu.

— J'arrive toujours pas à croire que vous n'alliez pas dans la même fac. Vous êtes inséparables, tous les trois.

Toby Horn semblait presque déçu que je parte faire mes études en Floride, mais j'avais besoin de m'éloigner. Ashton irait à l'université d'Alabama, avec Beau.

— L'université de Floride lui a fait une offre qu'il ne pouvait pas refuser, a expliqué Beau.

Il comprenait mon choix. Pendant longtemps, il avait veillé à ne pas se montrer trop démonstratif avec Ashton en ma présence. Mais là, c'était fini.

— Ça va faire bizarre de ne plus te voir, a dit Ash.

Merde. Pourquoi a-t-il fallu qu'elle intervienne ? Elle ne pouvait pas se contenter de se faire cajoler ? La moue triste qu'elle affichait a réveillé la douleur dans ma poitrine. Seule Ashton pouvait me mettre dans cet état.

— Tu survivras. De toute façon vous passez trop de temps collés l'un à l'autre pour faire attention à ce qui se passe autour de vous.

Ça, c'était salaud. J'ai vu la peine sur son visage et ai aussitôt regretté.

— Gaffe, Sawyer.

Le ton menaçant de Beau n'avait échappé à personne. Un silence pesant s'est abattu sur le groupe. La colère dans son regard n'a fait que m'exaspérer davantage. J'avais plus de raisons que lui d'être en colère. C'était lui qu'elle avait choisi.

— Pas la peine de s'énerver. Je lui répondais, c'est tout. Je n'ai plus le droit de lui parler, maintenant ?

Beau a repoussé Ashton et a bombé le torse.

— T'as un problème, Sawyer ?

J'ai posé mon gobelet sur le toit de mon 4 × 4 et ai fait un pas vers lui. J'avais besoin de cette confrontation. De faire sortir la rancune accumulée ces derniers mois. Mais Ashton s'est interposée. Elle a tenté de le dissuader d'en venir aux mains, mais Beau ne voulait rien entendre et ne me quittait pas du regard. En désespoir de cause, elle a fini par sauter dans ses bras sans prévenir. Sa tentative ridicule de nous empêcher de nous battre m'aurait fait rire si la voir ainsi blottie contre lui ne m'avait pas autant énervé.

Beau a détaché ses yeux des miens pour la regarder d'un air amusé, un sourire satisfait sur les lèvres.

— Qu'est-ce que tu fais, chérie ?

Son ton mielleux, qu'il employait pour faire tomber les filles, m'a donné envie de vomir.

— Jolie diversion, Ash, a plaisanté Kayla Jenkins, qui se tenait contre Toby.

Des sifflements approbateurs ont fusé. Beau lui souriait comme si elle était la personne la plus extraordinaire au monde. C'en était trop pour moi. Je ne pouvais pas rester là.

— Si on allait manger un truc, je meurs de faim, m'a proposé Ethan.

Jake North a approuvé.

— Tu conduis, a lancé Ethan en prenant place sur le siège passager de mon 4 × 4.

J'ai fait le tour du véhicule et me suis assis au volant

sans même adresser un regard à Ash et à Beau. Je ne supportais plus de les voir ne serait-ce que se toucher. Partir était ce que j'avais de mieux à faire.

Lana

Jewel draguait ouvertement le barman. J'avais remarqué son petit jeu, et j'étais sûre que lui aussi. Exhiber son décolleté et battre des paupières ne constituaient pas la technique de drague la plus discrète qui soit. Pourquoi ne pouvait-elle pas se contenter de boire son soda en attendant qu'une table se libère ? Après dix heures de route d'Alpharetta – en Géorgie – à l'est de l'Alabama, j'avais eu ma dose de Jewel pour la journée. Elle avait beau être ma meilleure amie, Jewel et moi étions totalement différentes, et je ne la supportais qu'à petites doses.

— Allez, Lana, montre-lui un peu cette fabuleuse paire de seins que tu t'es enfin décidée à faire voir au reste du monde, a-t-elle chuchoté les yeux vrillés sur le barman, occupé à servir un autre client.

J'ai secoué la tête et siroté mon soda. Si elle voulait se ridiculiser dans l'espoir d'ajouter du whisky à son Coca, libre à elle, mais ce serait sans moi. La dernière chose dont j'avais besoin était de me faire prendre un verre d'alcool à la main à trente kilomètres à peine de chez mon oncle et ma tante. Mon oncle était pasteur, et s'il apprenait que j'avais bu, il ne me laisserait jamais passer l'été dans sa famille.

— T'as le chic pour plomber l'ambiance, s'est lamentée Jewel en regardant mon soda de travers.

Je me fichais qu'elle soit contrariée. Je voulais juste dîner et qu'elle me dépose chez mon oncle.

— Je ne te comprends pas, Lana. Tu te décides enfin à montrer ce que ta mère – bon, OK, peut-être pas ta mère parce que Dieu sait qu'elle n'est pas terrible mais, disons, ce que la nature t'a offert –, et tout ça pour quoi ? Rien ! À quoi ça sert d'avoir acheté des fringues sexy et changé de coupe si tu ne dragues jamais ? Tu ne vas quand même pas me dire que t'as fait tout ça pour toi ? ! Les mecs te remarquent, maintenant, Lana, mais toi, on dirait que tu t'en fiches !

C'était son discours préféré. Ça la rendait dingue que je ne me jette pas sur le premier venu. Je n'allais sûrement pas lui dire pourquoi. Ce genre d'information pouvait rendre Jewel dangereuse. Elle trouverait le moyen de tout gâcher. Pas volontairement, bien sûr, mais le résultat serait le même. Elle était incapable de tenir sa langue.

— Je t'ai déjà dit que je ne voulais pas de copain pour l'instant. On vient juste d'avoir notre bac. Je veux profiter de l'été pour préparer mon entrée à la fac et prendre du bon temps loin de ma folle de mère.

Jewel a soupiré et a pris sa paille du bout des lèvres en dévorant des yeux le pauvre barman, qui semblait avoir hâte de se débarrasser de nous.

— Tu peux encore venir avec moi, tu sais. Laisse tomber ton expédition chez les culs-bénits et viens t'éclater à la plage. Corey adorerait que tu te joignes à nous. Le loft de son beau-père a trois chambres gigantesques et une vue imprenable sur l'océan.

Passer l'été avec Jewel et sa bande ? Non, merci. J'avais d'autres projets, sur lesquels j'avais d'ailleurs déjà commencé à travailler. Mais la prochaine étape me rendait un peu nerveuse. C'était la plus importante.

Teindre mes cheveux naturellement auburn dans une teinte plus sombre pour mettre en valeur mon teint clair et adopter une coupe tendance avait été la première étape. J'avais ensuite fait du tri dans mon armoire et donné mes vieux vêtements à une œuvre de charité. Ma mère s'était d'abord inquiétée, mais elle avait rapidement changé de sentiment en voyant mon nouveau style. Contrairement à la plupart des mères, la mienne était suffisamment bizarre pour accepter que sa fille porte des shorts au ras des fesses et des hauts ultramoulants.

Puis Jewel avait voulu m'apprendre à me maquiller, mais j'avais préféré me rendre chez Macy pour prendre un cours avec un professionnel. L'esthéticienne m'avait montré comment faire et j'avais acheté tous les produits dont elle s'était servie. Je n'étais pas fan de maquillage, mais le résultat était tellement incroyable qu'une fois à la maison j'avais passé des heures à me contempler dans le miroir.

Convaincre ma mère de me laisser passer l'été chez mon oncle et ma tante avait été plus compliqué. J'avais reçu l'aide de ma cousine, Ashton, pour cette étape-là. Nos mères étaient sœurs, et elle avait demandé à sa mère de parler à la mienne. J'étais si excitée quand ma mère avait fini par accepter que j'en avais presque oublié pourquoi j'avais fait tout ça. Mon but était simple. En théorie… Sauf que, en pratique, rendre un garçon dingue de vous n'est pas si facile – surtout quand le garçon en question est amoureux de votre cousine depuis toujours.

2

Sawyer

— Il faut que tu te calmes, mec. T'as pas l'air de te rappeler dans quel état t'as fini la dernière fois que tu t'es battu avec Beau, a lâché Ethan tandis que je m'engageais sur la route menant à l'extérieur de la ville.

— Ça fait six mois, mon vieux. Il serait temps de passer à autre chose, a renchéri Jake, assis à l'arrière.

De quoi ils se mêlaient ? Aucun d'eux n'avait jamais eu de vraie relation. Ils étaient sortis avec tellement de filles que j'aurais été incapable de toutes les nommer. Je me voyais mal leur expliquer qu'à douze ans je m'imaginais déjà à quoi ma vie avec Ashton ressemblerait. Alors j'ai poussé le volume de la radio pour ne plus entendre leurs conseils à deux balles.

— Tu peux monter le son tant que tu veux, il n'empêche qu'il faut que tu laisses tomber, a poursuivi Ethan. C'est ton cousin et ton meilleur ami. Aucune fille ne peut lutter contre ça. Pas pour longtemps, en tout cas.

Ethan m'observait depuis le siège passager. Il attendait une réponse, mais je n'allais pas lui en donner. Son commentaire sur mon lien de parenté avec Beau m'a rappelé que personne ne me connaissait vraiment – personne à part Beau et Ash. Beau n'était pas mon cousin ; c'était mon frère. C'était sa mère qui nous l'avait dit, mais Beau avait choisi de jeter cette information aux oubliettes. Il ne voulait pas qu'on sache que nous avions le même père, et je ne pouvais pas lui en vouloir. Mon père n'avait jamais rien fait pour eux. Beau le méprisait. Pour lui, notre oncle Mack était le seul père qu'il ait jamais eu et aimé. Même après son décès, lorsque Beau était en CP.

— Eh ! Tu viens de passer devant chez Hank, a dit Ethan en désignant le restaurant où nous avions l'habitude de manger.

— On ne va pas chez Hank, me suis-je contenté de répondre.

Puisqu'ils s'étaient incrustés dans mon 4 × 4, ils iraient là où j'avais envie d'aller.

— Tu quittes Grove ? a demandé Jake.

— Ouaip.

Ethan a soupiré et s'est renfoncé dans son siège.

— Avec le bol qu'on a, on va se retrouver en Floride.

— En Floride ? J'ai la dalle, moi. Pourquoi on ne va pas chez Hank ? a bougonné Jake.

Je me suis garé sur le bas-côté et me suis tourné vers lui.

— Tu veux y aller et rentrer à pied ?

Il a secoué la tête.

— Nan, mec, c'est bon.

J'ai redémarré en ignorant le regard que mes amis

échangeaient. Ils pouvaient penser ce qu'ils voulaient, je m'en fichais. Après tout, c'était moi qui m'étais fait larguer.

Plus personne n'a pipé mot jusqu'à ce que je m'arrête sur le parking du Wings. J'avais roulé au moins vingt bornes avant de trouver un restaurant digne de ce nom.

Jake a poussé un cri de joie.

— T'aurais dû le dire, qu'on allait chez Wings ! Je t'aurais épargné mes jérémiades.

Il n'y avait pas beaucoup d'endroits où je n'étais jamais allé avec Ashton. Le Wings en faisait partie. Et j'avais besoin de me changer les idées et de me concentrer sur ce que j'allais faire de mon avenir – à commencer par mes vacances.

— Je vais m'empiffrer d'ailes de poulet jusqu'à l'explosion ! s'est exclamé Ethan avec enthousiasme.

Au moins j'avais fait des heureux. Mais ça m'était égal.

J'ai ouvert la porte du restaurant et me suis arrêté dans l'entrée, où une hôtesse nous attendait. Une grande blonde avec de longs cheveux relevés en queue-de-cheval m'a gratifié d'un sourire charmeur. J'avais l'habitude de susciter ce genre de réaction chez les filles, mais, en temps normal, je n'y prêtais pas attention. Ce soir, c'était différent. J'étais de nouveau dans la partie.

— Une table pour trois, s'il vous plaît, ai-je demandé en lui adressant mon sourire le plus ravageur.

Elle a écarquillé les yeux et a battu des paupières à plusieurs reprises. Elle n'était pas particulièrement jolie ; pourtant, la voir ainsi troublée regonflait mon ego.

— Oh... hum... oui... d... d'accord, a-t-elle balbutié en attrapant trois menus qu'elle a aussitôt fait tomber.

Je me suis accroupi pour l'aider à les ramasser.

— Désolée. Je ne suis pas si maladroite d'habitude, s'est-elle justifiée tandis que ses joues s'empourpraient.

— Seulement en ma présence, alors ? l'ai-je taquinée.

Le gloussement qu'elle a laissé échapper m'a immédiatement refroidi. J'avais horreur de ça. Ash ne gloussait jamais.

Je lui ai tendu les menus et ai reporté mon attention ailleurs. Il n'était pas question que je flirte avec elle.

— D'accord, hum, suivez-moi, a-t-elle dit.

Jake et Ethan lui ont emboîté le pas. Je les ai imités tandis que mon regard glissait le long du bar. Il s'est posé sur une fille que j'aurais volontiers laissée glousser tant qu'elle voulait.

D'épais cheveux auburn tombaient en cascade dans son dos et se terminaient en boucles délicates. Perchée sur un tabouret, elle avait croisé ses jambes interminables et balançait nonchalamment un pied chaussé d'un joli escarpin à talon haut. Je n'avais pas encore vu son visage mais, de dos, cette fille était à tomber.

— Tu viens ou quoi ? a crié Jake, mais je n'ai pas levé la tête pour voir où ils étaient.

Je suis resté planté là, à la contempler. La voix de Jake a attiré son attention et elle a jeté un œil par-dessus son épaule pour voir d'où elle provenait. Des taches de rousseur couvraient en partie la peau laiteuse de son visage. Je n'étais d'ordinaire pas fan des taches de rousseur, mais ses yeux verts et le dessin parfait, presque trop pour être réel, de ses lèvres rendaient l'ensemble extraordinaire. Elle était sur le point de se tourner à nouveau face au bar quand son regard a croisé le mien.

Surprise, joie, appréhension se sont succédé sur son visage tandis qu'elle m'étudiait. J'étais subjugué.

— Sawyer, tu t'amènes, mec ? s'est impatienté Ethan.

J'ai détourné mon regard de la fille et allais regagner la table où l'hôtesse nous attendait quand une voix m'a stoppé dans mon élan.

— Sawyer, attends.

Une voix familière m'a stoppé dans mon élan. J'ai fait volte-face, pour découvrir, incrédule, la jolie rousse, qui se frayait un chemin vers moi. J'ai parcouru son corps d'un regard appréciateur. Elle portait une minijupe en jean et un haut blanc moulant. Après un gros effort, je suis parvenu à détacher mon regard de son décolleté pour me concentrer sur son visage. Un petit sourire s'est dessiné sur ses lèvres charnues et je l'ai reconnue.

Nom de Dieu !

— Lana ?

J'étais abasourdi. La cousine d'Ashton était la dernière personne que je m'attendais à voir ici. Et j'étais encore plus secoué de constater qu'elle était la fille que j'avais repérée.

— Sawyer, a-t-elle répondu avec un grand sourire.

— Qu'est-ce que tu fais ici ? ai-je demandé, alors qu'en vrai je voulais dire : « La vache, qu'est-ce qui t'est arrivé ? »

Elle n'avait plus rien à voir avec la fille bien sous tous rapports que j'avais vu huit mois plus tôt. Celle qui se tenait devant moi était une véritable bombe !

— Je suis venue dîner, a-t-elle fait d'un ton gentiment moqueur, et j'ai souri – un sourire franc, le premier depuis longtemps.

— Ça, j'avais deviné. Je veux dire, qu'est-ce que tu fais ici, dans l'Alabama ?

Elle a pincé ses lèvres avec nervosité.

— Je vais passer l'été chez Ashton. Mon amie me dépose avant d'aller sur la côte.

Ash. Merde. Était-elle vraiment obligée d'en parler ? Ma bonne humeur s'est volatilisée. Elle a jeté un œil vers la table où mes amis s'étaient installés et a froncé les sourcils.

— Vous avez déjà une table ? s'est-elle exclamée avec étonnement en lançant un regard noir à l'hôtesse, qui s'apprêtait à retourner à l'accueil.

— Qu'est-ce qui ne va pas ?

Elle a soupiré.

— Ça fait au moins un quart d'heure qu'on attend.

Ah ! L'hôtesse nous avait fait passer avant. Pas de problème.

— Va chercher ton amie et venez vous asseoir avec nous.

Son visage s'est éclairé.

— D'accord, merci. Je reviens tout de suite.

Je l'ai regardée faire demi-tour et se diriger vers le bar, subjugué par le gracieux balancement de ses hanches. Incroyable. Lana était devenue sublime.

Lana

— J'y crois pas, t'as flirté avec ce garçon ? Ben, ma vieille, quand tu décides de te lancer, c'est pas sur n'importe qui !

L'admiration de Jewel m'aurait fait rire si je n'avais pas eu aussi mal au ventre. Sawyer m'avait dévisagée de la tête aux pieds. Il avait étudié chaque centimètre de mon corps, en s'attardant sur ma poitrine. Je commençais à hyper-ventiler.

— Je le connais. On va s'asseoir à sa table, ai-je annoncé avant d'attraper mon sac et mon soda.

— Sérieux ? a joyeusement couiné Jewel en se levant d'un bond.

Le foulard qui lui servait de tee-shirt laissait apparaître le piercing tape-à-l'œil qui brillait à son nombril, et le short qui l'accompagnait faisait passer ma jupe en jean pour une jupe de grand-mère tant il était minuscule. Si les gens se retournaient sur son passage, c'était uniquement parce qu'elle se promenait à moitié nue.

— Viens, ai-je lâché avant de me diriger vers Sawyer, qui n'avait pas bougé.

Ses yeux ont examiné Jewel comme ils l'avaient fait avec moi quelques minutes plus tôt, et mon estomac s'est noué. J'ai dû réprimer l'envie de la planter sur place.

— Il est trop sexy, s'est-elle excitée dans mon dos.

Elle a gonflé sa poitrine et a rejeté ses longs cheveux blonds derrière son épaule, prête à user de ses charmes.

— Pas lui, Jewel. N'importe qui, mais pas lui.

J'avais fait de mon mieux pour ne pas paraître trop désespérée. Malgré cela, Jewel a laissé échapper un hoquet de surprise.

— C'est pour lui que tu...

Elle s'est interrompue tandis que son cerveau traitait l'information.

— Oh, waouh ! Je comprends. Je te le laisse, promis.

Peut-être, mais elle était toujours aussi bronzée, blonde, dépourvue de la moindre tache de rousseur et expérimentée avec les garçons. Elle avait tout pour plaire à Sawyer.

Je n'en avais pas la moindre envie, mais je savais que je devrais la lui présenter dès que nous l'aurions rejoint. J'aurais dû l'ignorer et la laisser avec son barman…

— Salut, moi, c'est Jewel, a-t-elle minaudé d'une voix langoureuse qui m'a donné envie de la gifler.

— Ravi de te rencontrer, Jewel, a-t-il répondu en lui serrant la main. Je suis Sawyer, un vieil ami de Lana.

Si je n'avais pas fait les présentations moi-même, c'était juste parce que je n'avais pas osé ouvrir la bouche, de peur de laisser échapper le grondement sourd que je sentais vibrer dans ma poitrine. Je haïssais Jewel, en cet instant. Elle allait passer l'été avec le garçon censé être son copain, alors pourquoi faisait-elle du charme à Sawyer ? C'était quoi, son plan ? Coucher avec lui et ne jamais le revoir ? J'ai frissonné rien que d'y penser. Si elle osait, je la tuerais.

— Lana ?

La voix de Sawyer a mis fin à mes rêves de meurtre. J'ai cligné des yeux pour recouvrer mes esprits.

— Hum, oui, désolée.

— Le voyage l'a épuisée, a expliqué Jewel pour m'excuser.

— Je t'ai demandé si tu voulais que je te dépose chez Ashton après le dîner ? Ça évitera à Jewel de faire un détour.

Oh ! Il me proposait de rentrer avec lui. Sans Jewel. Oui, oui, oui !

— Ce serait super. Merci.

J'avais réussi à dissimuler ma joie. Il a esquissé un sourire, qui m'a aussitôt donné envie d'effleurer ses lèvres pour voir si elles étaient aussi douces qu'elles en avaient l'air. Hum… Il fallait que je me calme.

Sawyer nous a conduites à une table où deux autres garçons nous ont accueillis, l'air à la fois surpris et curieux.

— Les gars, voici Lana, la cousine d'Ashton, et son amie Jewel. Elles attendaient une table, alors je leur ai proposé de se joindre à nous. (Sawyer nous a tourné le dos.) À gauche, c'est Ethan, à droite, Jake.

Ethan était un brun aux cheveux courts et affichait un sourire amical. Ses yeux marron pétillaient de gaieté et de chaleur. Je l'ai immédiatement aimé. Je devais choisir de quel côté j'allais m'asseoir, et, des deux, il me semblait le moins dangereux. Jake, avec ses boucles blondes partiellement cachées sous sa casquette de baseball et ses yeux brillants de désir à la vue du ventre de Jewel, m'intimidait un peu.

Sawyer a invité Jewel à se glisser sur la banquette près de Jake tandis que j'ai pris place, soulagée, à côté d'Ethan. Puis il s'est assis à côté de Jewel. Un nœud s'est formé dans mon ventre. Lui aussi avait dû choisir un côté et, sans la moindre hésitation, il avait choisi celui de Jewel. Son offre de me conduire chez Ashton m'a soudain semblé sans importance. Il me l'avait proposé par pure politesse. Pas parce que je l'intéressais. Quelle idiote !

— Je ne savais pas qu'Ash avait une cousine, a observé Ethan.

J'ai cessé de concentrer mon attention sur Sawyer pour la reporter sur mon voisin. Lui, au moins, semblait apprécier ma compagnie.

— Hum, oui, elle n'en a pas d'autre. Je vis en Géorgie, alors je ne peux venir qu'une fois par an, au mieux.

L'immense sourire d'Ethan a révélé des dents blanches parfaitement alignées. J'aimais les belles dents chez les garçons. Et Ethan était plutôt pas mal. De longs cils encadraient ses yeux sombres.

— Tu vas rester longtemps ?

— Tout l'été.

— Cool.

Il a approuvé d'un hochement de tête puis a levé les yeux vers la serveuse qui venait d'arriver.

— Vous voulez boire quelque chose ? a-t-elle questionné d'un ton las.

— Un Coca, a annoncé Ethan en jetant un œil vers mon verre presque vide. Deux, en fait.

C'était la première fois qu'un garçon commandait pour moi. Je me suis sentie soudain spéciale.

— Vodka-orange, a dit Jewel d'un air innocent en espérant sûrement que sa commande passerait comme une lettre à la poste.

— Vous avez une pièce d'identité ? s'est enquise la serveuse, ce qui a eu le don de l'agacer.

— Pas sur moi.

— Ben voyons.

— Vous insinuez que je ne fais pas mes vingt et un ans ? s'est offusquée Jewel.

— En effet, a répliqué la serveuse, impassible.

Jewel allait ouvrir la bouche pour protester et j'ai su qu'il fallait que j'intervienne avant qu'on nous mette à la porte.

— Un Coca light fera l'affaire, merci, ai-je déclaré à la serveuse avec un sourire d'excuse.

Puis j'ai lancé un regard d'avertissement à Jewel. Elle a ronchonné et a croisé les bras sur sa poitrine, une moue boudeuse sur le visage.

Les autres ont commandé leur boisson. Sawyer a chuchoté à l'oreille de Jewel, qui s'est mise à glousser sans retenue. Découragée, j'ai ouvert mon menu pour ne plus avoir à assister à ce spectacle. Jewel était irrécupérable.

— Tu sais comment la remettre dans le droit chemin, m'a soufflé Ethan.

Je lui ai adressé un regard désabusé.

— J'ai l'habitude.

Nous avons échangé un sourire, avant de nous replonger dans la lecture de notre menu.

3

Sawyer

J'allais arracher des bouts de ma serviette en papier et me les enfoncer dans les oreilles si cette fille n'arrêtait pas de glousser. Dieu, qu'elle était pénible ! Quand je l'ai vue, j'ai pensé qu'elle serait une distraction agréable pour la soirée. Tu parles ! La seule chose qu'elle réussissait à faire, c'était de me taper sur les nerfs. Si elle me caressait la cuisse encore une fois, j'allais la pousser sur Jake.

Un rire délicat a attiré mon attention. Je me suis tourné vers Lana. Elle adressait un sourire radieux à Ethan. Ils avaient échangé des messes basses pendant tout le repas. Ça aussi, ça commençait à m'énerver. Il se l'était accaparée dès son arrivée. À croire qu'il n'y avait qu'eux autour de cette table.

— On dirait bien que ton copain lui plaît, a fait remarquer Jewel, consciente que j'observais son amie.

— Humm.

— Depuis combien de temps vous vous connaissez, Lana et toi ?

Des images d'une Lana maigrichonne aux cheveux poil-de-carotte me sont venues à l'esprit et je me suis rendu compte du chemin qu'elle avait parcouru depuis. Ces taches de rousseur que je trouvais disgracieuses à l'époque lui donnaient désormais un certain charme.

— Depuis tout petits. Je volais à son secours quand Ash et Beau l'embêtaient.

— Beau ?

Apparemment, Lana ne lui parlait pas beaucoup d'Ashton. Sans cela, elle aurait su exactement qui était Beau.

— Mon fr… euh, cousin, ai-je bégayé.

Lana a rejeté la tête en arrière et a éclaté de rire. Elle avait vraiment l'air de bien s'amuser. Ses longues boucles soyeuses ont effleuré la table et je me suis demandé comment elle réagirait si j'en saisissais une entre mes doigts.

— Tu trouves ça drôle, hein ? a dit Ethan, visiblement ravi d'avoir réussi à la faire rire.

Lana a opiné et a posé la main sur son bras.

— Je suis désolée, a-t-elle répondu en essayant de se retenir de rire.

Il s'est rapproché d'elle et ils ont recommencé à chuchoter. Ces deux-là étaient dans leur bulle.

— Elle n'est pas aussi à l'aise avec les mecs, d'habitude, a observé Jewel.

J'avais du mal à le croire. Elle était à mille lieues de la Lana timide et réservée dont je me souvenais. Qu'est-ce qui avait changé ? À part le fait qu'elle était passée de banale à sublime en l'espace de quelques mois ?

Jake s'est mis à dicuter avec Jewel, qui m'a enfin laissé respirer. Peut-être allait-elle s'agripper à sa cuisse et laisser la mienne tranquille !

Lana a pris son verre et nos regards se sont croisés. Le sourire hésitant qu'elle m'a adressé m'a laissé pantois. Elle était vraiment jolie.

— Tu passes un bon moment ? ai-je demandé.

Elle a jeté un œil à Ethan, qui la regardait avec des yeux de merlan frit.

— Oui, merci.

Comment Lana McDaniel était-elle devenue aussi séduisante ?

— Lana m'a dit qu'on allait la déposer chez Ashton après le dîner ? est intervenu Ethan.

J'ai détaché mes yeux d'elle pour lancer à ce dernier un regard noir. Pourquoi ? Je n'en avais aucune idée. Il n'avait rien fait de mal. Je me suis forcé à me détendre avant de lui répondre.

— Oui. On va au même endroit, alors autant la déposer, ça fera gagner du temps à Jewel.

— Bonne idée !

Ethan avait l'air un peu trop emballé à mon goût. Il s'est penché sur Lana pour lui dire une chose, qui l'a à nouveau fait sourire.

Je n'avais qu'une idée en tête : payer mon repas et sortir d'ici. J'avais hâte de me débarrasser de Jewel. Je ne supportais pas les filles trop entreprenantes. J'ai réglé ma part et ai rangé ma carte dans mon portefeuille.

— Voilà pour moi, a maugréé Jewel en tendant un billet de vingt dollars à la serveuse.

— Ethan, non.

La voix de Lana m'a tiré de mes pensées. Elle se chamaillait avec Ethan, mais lui semblait plutôt s'amuser.

— Je vous laisse deux minutes. Il faut que j'aille aux toilettes avant de reprendre la route, a dit Jewel.

Je me suis levé pour la laisser passer, sans détacher mes yeux de Lana et d'Ethan.

— Écœurant, a marmonné Jake. Je ne vois pas pourquoi il l'invite alors qu'il la connaît à peine. C'est pas comme si c'était un rencard.

Il avait payé pour elle ? Pourquoi n'y avais-je pas pensé ? C'était la cousine d'Ashton, c'est moi qui aurais dû l'inviter. C'était la moindre des choses. Sauf que j'étais trop pressé de me débarrasser de Jewel pour penser à autre chose.

— Allez, Ethan, bouge ! a interpellé Jake, qui commençait à s'impatienter.

Lana s'est dépêchée de se lever, imitée par Ethan.

— Attends, tu as oublié ça.

Il s'est précipité derrière elle pour lui tendre le sac à main qu'elle avait laissé sur la banquette. Lana lui a souri avant de le remercier.

Je me suis rué vers la sortie sans me soucier de savoir si les autres me suivaient. J'avais besoin de prendre l'air.

Lana

Sawyer ne disait pas un mot. J'essayais de ne pas le regarder tandis qu'Ethan et lui mettaient mes affaires dans le coffre de son 4 × 4. Il semblait avoir hâte de partir. J'ai esquissé un sourire à l'idée qu'il ait pu finir par se lasser de Jewel.

Il s'est détendu lorsque nous sommes montés dans la voiture. Ethan avait offert de s'asseoir avec moi à l'arrière mais, comme j'étais l'invitée, Sawyer avait insisté pour que je monte devant.

— Tu peux changer de station, si tu veux, m'a-t-il proposé au bout d'un moment en désignant la radio.

Mais c'était surtout son humeur revêche qui me préoccupait et ce qui l'avait provoquée. Cela ne lui ressemblait pas. Le Sawyer que je connaissais était toujours de bonne humeur. Je me demandais si sa rupture avec Ashton en était la cause.

— Déconne pas, mec, la laisse pas choisir. Elle va nous mettre un truc de filles, s'est lamenté Jake depuis la banquette arrière.

— Et alors, c'est quoi, le problème ?

Je me suis retournée à temps pour voir Ethan lui lancer un regard noir. Si seulement Sawyer pouvait m'apprécier autant que lui...

— Ne te laisse pas faire, Lana. Vas-y, frappe-le, a ajouté Sawyer d'une voix amusée.

— Pas la peine. Je crois qu'Ethan vient de me péter une côte. C'est bon, je me tais.

Le reste du trajet s'est déroulé dans le calme. Personne ne parlait, à part Sawyer pour me demander si ça allait. Il avait mis la climatisation et changé de station à plusieurs reprises, en s'assurant chaque fois que cela me convenait. Il était redevenu le Sawyer que je connaissais : poli et attentionné. Pas le garçon renfrogné avec lequel j'avais passé la soirée.

Quand il s'est engagé sur la route poussiéreuse qui menait à la clairière où avaient lieu toutes les fêtes, j'ai fouillé les alentours du regard à la recherche de la voiture d'Ashton ou de celle de Beau. Je n'étais pas sûre d'être prête à voir Ashton en compagnie des Vincent. Si Sawyer était toujours amoureux d'elle, je ne m'en remettrais jamais.

— Je vous laisse récupérer vos voitures. On se voit plus tard, je vais déposer Lana chez Ash, a annoncé Sawyer en arrêtant le véhicule.

Ethan s'est éclairci la gorge.

— Humm, je peux la déposer, si tu veux, a-t-il proposé d'une voix mal assurée.

Sawyer ne s'est même pas donné la peine de se tourner vers lui pour répondre.

— Je m'en occupe, Ethan.

Son ton était sans appel. Ethan nous a regardés à tour de rôle, puis a poussé un soupir résigné avant de sortir de la voiture. J'étais contente que Sawyer veuille me déposer, mais la pensée qu'il le fasse dans l'espoir de voir Ashton gâchait mon plaisir. Alors, au lieu de me faire des films, j'ai fait la conversation.

— Comment ça se passe entre vous ?

Inutile de préciser de qui je voulais parler, il le savait. Son visage s'est contracté et il ne m'a pas répondu tout de suite. Finalement, il a poussé un long soupir.

— Tu me croirais si je te disais que ça se passe bien ?

Son sourire triste m'a brisé le cœur.

— Pas vraiment.

Il a laissé échapper un rire et a passé sa main dans ses cheveux.

— Tu étais au courant, pour eux, la dernière fois que tu es venue, n'est-ce pas ? Je me rappelle la fête à la clairière. Quelque chose clochait dans ce que vous m'avez raconté. D'abord, tu n'es pas le genre de Beau, ensuite, ce n'est pas juste parce qu'il te draguait qu'Ash se serait mise dans cet état, ils venaient juste de se retrouver. (Il a secoué la tête.) Si j'y ai cru, c'est à cause de toi. Je ne te pensais pas capable de mentir.

Je savais que ce mensonge finirait par me retomber dessus. Lorsque Sawyer avait surpris Ashton et Beau en pleine dispute, je n'avais pas supporté l'idée qu'il puisse apprendre la vérité de cette façon. Alors j'avais menti à Sawyer, lui racontant que Beau avait essayé de me draguer et qu'Ashton était intervenue parce qu'elle ne le trouvait pas assez bien pour moi. Plus tard, j'avais dit à Ashton qu'elle devait faire un choix ou les quitter tous les deux, parce que ce qu'elle faisait à Sawyer n'était pas juste.

— Je suis désolée, ai-je dit (et je le pensais).

Sawyer a acquiescé :

— Oui, moi aussi.

Nous avons roulé en silence. Il ne m'a pas demandé si j'allais bien et n'a plus touché à l'autoradio. Mais enfin, pourquoi avais-je ouvert ma grande bouche ? Je n'aurais pas dû lui parler d'Ashton, c'était stupide.

— La voiture d'Ashton est là, mais je doute qu'elle soit rentrée. Elle était à la clairière, tout à l'heure, a-t-il expliqué en arrivant chez mon oncle et ma tante.

J'ai hoché la tête et ai saisi la poignée de la portière. Il fallait que je sorte de cette voiture avant de faire une nouvelle bourde.

— Lana, attends.

Ses doigts se sont refermés sur mon avant-bras. Un frisson a parcouru mon corps tout entier.

— Ou… oui ? ai-je réussi à articuler.

— Écoute, je suis désolé. J'ai mal réagi. Ce n'est pas

ta faute. Tu n'y es pour rien dans ce qui s'est passé avec Ash et Beau. J'avais besoin de me défouler, et c'est tombé sur toi... (Il a marqué une pause et j'ai risqué un regard vers lui.) Tu me pardonnes ?

Ses excuses semblaient sincères. Comment Ashton avait-elle pu lui faire autant de mal ? Il était tellement parfait. Comment pouvait-on faire souffrir quelqu'un d'aussi parfait ?

— Bien sûr.

Un faible sourire a éclairé son visage. Il a serré mon bras avant de me relâcher.

— Merci.

Sawyer est sorti de la voiture pour m'aider à tirer mes bagages du coffre.

— Laisse-moi prendre celui-là, il a l'air lourd, a-t-il dit en soulevant mon dernier sac.

Avant, je voyageais léger mais, cette fois, il m'avait fallu plusieurs valises pour tout emporter.

— Merci.

— Je ne te pensais pas du genre à avoir besoin d'autant de choses, a-t-il déclaré.

J'ai haussé les épaules et me suis baissée pour prendre les deux sacs contenant mes produits de beauté.

— Les gens changent.

— Oui... les gens changent.

Il a levé les yeux vers la fenêtre de la chambre d'Ashton. Visiblement, il n'avait pas encore tourné la page.

— Elle est folle d'avoir fait ça... si tu veux mon avis.

J'aurais plaqué mes mains sur ma bouche si elles n'avaient pas déjà été prises. Je n'arrivais pas à croire que j'aie dit ça.

Sawyer a haussé un sourcil étonné et mes joues se sont enflammées.

— Tu crois ?

Il était trop tard pour me dédire. Alors j'ai acquiescé.

Sawyer a fait un pas vers moi. Mon cœur battait si fort qu'il allait sortir de ma poitrine. Ses yeux verts m'ont étudiée minutieusement. C'était comme s'il me voyait pour la première fois. Il s'est attardé sur mes lèvres, et j'ai dû me rappeler de respirer.

— Tu penses que je suis un meilleur choix que Beau ? Pourtant, c'est lui, le *bad boy*. Le mec dangereux. Les filles aiment les *bad boys*.

Sa voix se faisait de plus en plus sourde. J'ai tressailli lorsqu'il s'est encore rapproché, ses yeux toujours fixés sur mes lèvres.

J'ai essayé de rester calme avant de répondre.

— Pas toutes les filles.

— Humm…

Il a levé la main et effleuré ma lèvre inférieure et j'ai eu envie de passer ma langue sur son pouce. Je n'arrivais plus à respirer.

— Elles sont aussi douces qu'elles en ont l'air… peut-être même plus, a-t-il chuchoté.

Puis il a incliné la tête, et, avant que j'aie eu le temps de reprendre une bouffée d'air, ses lèvres se sont posées sur les miennes.

J'ai lâché mes sacs et me suis accrochée à son cou pour ne pas tomber dans les pommes. Je n'arrivais pas à y croire. Sawyer Vincent était en train de m'embrasser.

Il a fait glisser ses mains sur ma taille et a caressé ma peau nue. J'étais presque sûre d'avoir laissé échapper un gémissement lorsqu'il a aspiré ma lèvre entre les siennes. Mais, l'instant d'après, il n'était plus là.

Troublée et complètement secouée, j'ai perdu l'équilibre et me suis rattrapée à la voiture.

— Woh !

Sawyer est réapparu pour me soutenir.

J'ai pris une grande inspiration et ai levé les yeux vers lui, gênée. Il n'avait pas l'air aussi étonné que je m'y attendais. Pire, il me regardait en fronçant les sourcils. L'air contrarié.

— Je n'aurais pas dû faire ça, Lana. Je suis désolé. J'étais contrarié et je n'ai pas réfléchi.

Il s'est emparé de mes valises et les a traînées jusqu'à la porte de la maison sans même me laisser le temps de répondre. Ce n'était pas comme ça que j'avais imaginé que notre premier baiser se terminerait. Et, croyez-moi, j'avais eu le temps de fantasmer sur ce baiser. Pendant des années. Pendant presque toute ma vie.

La déception a soudain fait place à la colère. J'ai empoigné mes sacs et l'ai suivi. Comment osait-il m'embrasser et me planter là la seconde d'après ?

— Ce que…

La porte d'entrée s'est ouverte, coupant court au sermon que j'allais lui servir.

— Lana, ma chérie, tu es là !

Tante Sarah m'a fait un grand sourire et s'est écartée pour m'inviter à entrer.

J'ai lancé un regard noir à Sawyer avant de m'engouffrer dans la maison.

4

Sawyer

J'avais déconné et je m'en voulais. Je m'apprêtais à monter dans ma voiture quand le pick-up de Beau a fait irruption dans l'allée. Il ne manquait plus que ça.

Beau est sorti en trombe du véhicule. C'était quoi, son problème ?

— J'espère que t'as une bonne raison d'être là, a-t-il rugi.

Je n'avais pas l'habitude de le voir se comporter en petit ami jaloux. Il ne l'avait jamais été avant de sortir avec Ashton. C'était presque aussi déstabilisant que de le voir avec elle.

— Je viens de déposer Lana, ai-je répondu sur le même ton.

Beau ne m'intimidait pas. Il a levé un sourcil interrogateur et a regardé Ashton, qui nous avait rejoints.

— Elle est là ! s'est-elle exclamée. Je t'ai dit qu'elle arrivait ce soir, a-t-elle repris à l'intention de Beau, puis elle a froncé les sourcils et s'est tournée vers moi. Mais… pourquoi c'est toi qui l'as déposée ?

— Je suis tombé sur elle au Wings, ai-je expliqué. J'ai proposé de la ramener pour éviter à son amie de faire un détour.

Son visage s'est éclairé. J'avais toujours aimé la voir sourire.

— C'est gentil à toi, merci.

Elle a enlacé Beau et déposé un rapide baiser sur ses lèvres.

— Je vais rentrer, il faut que je la voie. Appelle-moi plus tard.

Beau a pris sa main et a embrassé sa paume. Beurk ! Je n'avais vraiment pas envie de voir ça.

— D'accord, je t'appelle avant de me coucher.

Il avait parlé d'une voix grave, et j'aurais juré entendre Ashton soupirer. J'en avais assez vu. Je suis monté dans mon 4 × 4.

— Sawyer, attends.

J'avais hâte de partir, mais le pick-up de Beau me bloquait le passage. Il a attendu qu'Ashton rentre dans la maison avant de poursuivre :

— À propos de ce soir… Ne refais jamais ça. Ça fait six mois, et Ashton fait tout pour être sympa avec toi. Alors si tu lui parles encore de cette façon, t'auras affaire à moi.

Je m'attendais à des excuses et j'avais récolté des menaces. Pourtant, il avait raison. J'avais agi comme un con avec Ashton. Je ne voulais pas les perdre. Ash et Beau me connaissaient mieux que quiconque ; ils étaient mes meilleurs amis. Nous partagions un secret et tellement de souvenirs ensemble. Ils étaient si importants pour moi que j'avais préféré renoncer à Ash pour préserver notre amitié.

— T'as raison. J'ai été nul. Je m'excuserai la prochaine fois que je la verrai.

Beau s'est calmé. Il a levé les yeux vers la fenêtre de sa chambre, à présent éclairée, et je me suis demandé si je n'allais pas devoir aussi m'excuser pour autre chose. Parce que si Lana lui disait, pour le baiser, Ashton allait me tuer. Pas pour avoir embrassé sa cousine, mais pour m'être comporté comme un goujat juste après.

— Bien. (Beau s'est dirigé vers son pick-up.) Hé, ça te dit de faire un billard ?

— Ta mère travaille, ce soir ?

— Ouaip.

Ça voulait dire bière gratuite. J'ai accepté.

— Je te suis.

Lana

Ashton avait à peine franchi le seuil de la maison qu'elle se jetait sur moi. Elle s'est débarrassée de ses parents et de leurs questions indiscrètes sur le divorce des miens, pour nous conduire dans sa chambre. Elle a refermé la porte, un sourire radieux sur le visage.

— Je suis si contente que tu sois là !

Ses longs cheveux blonds tombaient dans son dos et sa peau parfaite avait déjà pris un hâle doré. Comment pouvait-elle être aussi bronzée ? L'été avait à peine commencé. Quand j'étais petite, je la détestais. Pas parce qu'elle était méchante, mais parce qu'elle ressemblait à une poupée Barbie. La méchante, c'était moi. J'étais jalouse d'elle.

— Moi aussi.

Nous nous sommes assises sur son lit. J'étais soulagée d'être loin de ma mère et de ses lamentations incessantes. Mes parents étaient divorcés depuis trois mois et ma mère ne cessait de ressasser ce qui s'était passé.

— On va bien s'amuser. Kayla Jenkins donne une fête chez elle, demain soir, pour son anniversaire. Elle le fête chaque année. Tu vas voir, ça va être génial. Et ce sera l'occasion de rencontrer tout le monde. Avec Beau, on aimerait aussi aller camper le temps d'un week-end. Sûrement à Cheaha State Park. On demandera à Sawyer de venir, il adore la randonnée, et à d'autres personnes. Et à toi, bien sûr. Ensuite Leann passe l'été sur la côte, dans la maison de vacances de sa grand-mère, alors je lui ai dit qu'on irait une semaine avec elle.

Je lui ai adressé un sourire un peu forcé. J'avais du mal à oublier la réaction de Sawyer après notre baiser, mais discuter avec Ashton me faisait du bien.

— Super. Je suis partante.

Elle a touché mes cheveux et étudié mon visage. Un immense sourire s'est dessiné sur ses lèvres.

— Tu t'es maquillée et tu as teint tes cheveux, et (elle a inspecté ma jupe et mon tee-shirt) elles sont neuves, ces fringues ?

— J'avais envie de changement, ai-je répondu en lui rendant son sourire.

— Eh bien, c'est réussi ! Tu es magnifique.

Ashton s'est levée et a enlevé ses bottes de cow-boy. Elle les portait avec une petite robe noire s'arrêtant au-dessus du genou. C'était comme si la nature avait voulu s'exercer à créer la perfection et avait choisi Ashton comme cobaye.

— Sawyer m'a dit qu'il t'avait déposée. Comment va-t-il ? Je veux dire, il était de bonne humeur ?

Je me demandais si le fait qu'Ashton se soucie toujours de lui devait m'inquiéter. Je ne m'étais pas préparée à ça quand j'avais décidé de venir ici. Cela faisait six mois qu'ils avaient rompu. Ils devaient avoir tourné la page, non ? Et puis elle sortait avec Beau, maintenant. Tout ça, c'était de l'histoire ancienne.

— Humm, oui.

Bon. Pas tout à fait. Mais je voulais le protéger. Il n'aurait pas voulu qu'Ashton sache qu'il souffrait toujours de la voir avec Beau.

Elle s'est rassise sur le lit en soupirant.

— Tant mieux. Beau et lui se sont disputés ce soir. J'ai littéralement dû me jeter sur Beau pour les empêcher de se battre. C'est comme ça que Sawyer s'est retrouvé au Wings.

— Que s'est-il passé ? l'ai-je questionnée en sachant d'avance que je n'aimerais pas la réponse.

— Rien de spécial. Beau n'a pas apprécié la façon dont Sawyer m'a parlé. Ce n'était pas grand-chose, mais ça a suffi pour qu'il s'emporte. Ils ont encore du mal à agir normalement en ma présence.

La dernière fois que nous nous étions retrouvées sur son lit à parler des Vincent, je lui avais dit qu'elle devait les oublier, tous les deux. Mais je savais qu'elle n'en ferait rien. Elle leur était trop attachée. À Beau, surtout.

— Est-ce que Sawyer sort avec quelqu'un ? l'ai-je interrogée avec le plus de détachement possible.

Ashton a laissé échapper un petit rire.

— J'aimerais bien.

C'était bizarre. Il était beau, intelligent, sportif, drôle et bien élevé – comment un garçon comme lui pouvait rester célibataire ?

— Il n'est sorti avec personne depuis six mois ?

Ashton a haussé les épaules.

— Peut-être avec une fille ou deux. Je ne suis pas sûre. Je ne lui ai pas demandé, à vrai dire. Sawyer est toujours un peu mal à l'aise quand je suis là et Beau montre les crocs dès que je parle de lui.

Pauvre Sawyer. Il était ami avec Ashton depuis l'enfance, et là il ne pouvait même plus lui parler sans que son cousin intervienne. J'avais beau vouloir qu'il tourne la page, je n'aimais pas le savoir aussi seul. Il ne méritait pas ça. Il avait toujours été si gentil avec eux.

Welcome to the Jungle[1] a retenti dans la pièce.

— Tu ne peux pas déjà être au lit ? a dit Ashton en décrochant son téléphone.

Cela devait être Beau.

— Vraiment ? D'accord, tant mieux. Je suis contente que vous passiez un moment ensemble.

J'ai tendu l'oreille en faisant mine d'étudier mes ongles.

— Je t'aime aussi. Sois prudent. Et souviens-toi qu'il ne tient pas l'alcool, alors assure-toi qu'il rentre chez lui en un seul morceau.

1. Nom d'une chanson du groupe Guns N' Roses.

Sawyer buvait ? Avec Beau ? Ashton a souri dans son téléphone.

— Et moi je t'aime encore plus.

Oh, pitié !

— Je le mettrai sous mon oreiller. Appelle-moi dès que tu rentres. (Elle a levé les yeux vers moi et a souri à nouveau.) Oui, on rattrape le temps perdu. D'accord. Je t'aime. À plus.

Elle a laissé tomber son portable sur le lit et a poussé un soupir comblé.

— Je sais que tu ne cautionnes pas ce qui s'est passé, Lana, mais j'aime vraiment Beau de tout mon cœur. Si c'était à refaire, je le referais. Je m'en suis voulu de faire souffrir Sawyer, je m'en veux encore, mais je n'ai jamais été aussi heureuse de toute ma vie. Beau est merveilleux.

J'ai réprimé l'envie de lever les yeux au ciel devant son air rêveur.

5

Sawyer

J'ignorais ce que je faisais là. Je n'avais jamais manqué un anniversaire de Kayla, mais c'était seulement parce que Ashton y allait. Ce qu'Ashton faisait ne me regardait plus. Alors qu'est-ce que j'étais venu faire ici ?

Le chanteur des Spill Canvas braillait dans les enceintes installées dans le jardin. Des transats en teck et de hautes torches s'alignaient le long de la piscine éclairée par des spots roses, violets, verts et jaunes qui faisaient changer la couleur de l'eau. L'année dernière, Jake avait fait tomber une torche et mis le feu à un parasol. Beau avait jeté ce dernier dans la piscine avant que l'incendie ne se propage. Ça nous avait fait rire pendant un bon moment.

Je me suis dirigé vers le bar. J'allais devoir boire si je voulais survivre à cette soirée. Beaucoup.

— Sawyer ! a baragouiné Ryan Mason depuis la piscine. T'es venu, mec !

Il était déjà soûl. Pas étonnant. Les frères Mason

possédaient la clairière où nous organisions nos fêtes. Le frère aîné de Ryan avait été le premier à instaurer cette tradition estivale.

Je lui ai adressé un signe de tête avant d'attraper une bouteille de Corona[1].

— C'est ça, mon pote. Bois ! T'as plus besoin d'impressionner la fille du pasteur, maintenant, hein ? s'est écrié Ryan.

Il était allongé sur un matelas gonflable avec une fille du lycée. Je n'ai pas pris la peine de répondre à son commentaire stupide. Ashton ne se souciait pas de ce genre de chose. Sinon, elle ne serait pas sortie avec Beau. J'ai décapsulé ma bière et ai bu une longue gorgée, mais je ne me suis pas senti mieux pour autant.

Je suis rentré dans la maison dans l'espoir d'y trouver une télé et de me détendre devant ESPN[2], mais j'avais à peine mis un pied dans le salon qu'Ashton, Beau et Lana apparaissaient.

Et merde ! J'aurais dû rester chez moi. Ash et Lana ont rejoint Kayla, qui parlait avec d'autres filles. Beau a croisé mon regard et s'est dirigé vers moi d'un pas traînant.

— Je ne pensais pas te voir ici, a-t-il dit en guise de salut.

J'ai haussé les épaules et ai levé ma bouteille.

— Bière gratuite.

Beau a acquiescé avec un sourire. La bière gratuite était un argument qu'il comprenait. Il ne quittait pas Ashton

1. Bière mexicaine très populaire aux États-Unis.

2. Chaîne de télévision américaine dédiée au sport.

des yeux. Elle discutait toujours avec les filles. Le paréo minuscule qui couvrait son bikini laissait peu de place à l'imagination. Elle ne s'habillait jamais comme ça quand on était ensemble. Tout ça parce qu'elle voulait se montrer digne de moi. Quelle connerie !

— J'espère que c'est Lana que tu regardes, m'a averti Beau.

J'ai posé les yeux sur Lana, pour la découvrir dans un short ultracourt. Ses jambes n'étaient pas aussi bronzées que celles d'Ashton, mais elles étaient tout aussi sveltes. Mes yeux ont glissé sur ses fesses, ses hanches, ses seins ronds, visibles sous son tee-shirt moulant. Seul son visage était couvert de taches de rousseur. Le reste de son corps était d'une blancheur parfaite et semblait doux comme de la soie.

— Je crois qu'elle t'aime bien.

La voix de Beau m'a tiré de mes pensées.

— Quoi ?

— Lana. Elle a posé des questions sur toi, tout à l'heure. Elle voulait savoir si tu serais là. Je crois qu'elle a un faible pour le quaterback, a-t-il dit avec un sourire en coin.

J'ai reporté mon attention sur Lana juste au moment où elle regardait dans notre direction. Elle s'est figée lorsque nos regards se sont croisés. J'ai bu une nouvelle gorgée et ai envisagé d'aller lui parler pour me sortir Ash de la tête.

— Tu vois, a commenté Beau d'un ton amusé.

Il avait peut-être raison. Lana a esquissé un faible sourire. J'ai repensé à la douceur de ses lèvres contre les miennes. Ce baiser avait été merveilleux.

— Allez, viens ! T'as besoin d'un truc plus fort qu'une

bière. Faut que t'oublies Ashton avant que je sois obligé de te remettre une raclée.

Beau s'est dirigé vers le bar. J'ai détaché mon regard de Lana à contrecœur et l'ai suivi.

Lana

Beau guidait Ashton vers l'escalier menant à l'étage, une main posée dans le creux de son dos comme pour marquer qu'elle lui appartenait. Elle semblait tiraillée entre l'envie de le suivre et son devoir de rester avec moi.

— Je ne peux pas laisser Lana, l'ai-je entendue chuchoter tandis qu'ils passaient devant moi.

Il l'a attrapée par la taille et l'a plaquée contre son torse.

— Lana est une grande fille. Je suis sûr qu'elle peut se passer de toi quelques minutes. (Il a plongé ses yeux noisette dans les miens.) N'est-ce pas, Lana ?

Pour rien au monde je ne prendrais le risque de contrarier Beau Vincent en admettant ne pas vouloir rester seule. J'ai hoché la tête avec un sourire forcé.

— Bien sûr, ne vous inquiétez pas pour moi.

Beau s'est tourné vers Ashton.

— Viens avec moi, s'il te plaît.

Son regard s'était assombri et sa voix s'était transformée en un murmure rauque. Ashton n'avait aucune chance de lui résister.

— D'accord, a-t-elle soufflé sans y réfléchir à deux fois.

J'ai secoué la tête et suis sortie dans le jardin. Avec un peu de chance, Sawyer serait seul et je trouverais le courage de lui parler. Mais avant que je n'atteigne l'extérieur, Sawyer est apparu. Il avait le regard vide et les cheveux en bataille. Je l'ai observé parcourir la pièce du regard et s'arrêter en me voyant. Un sourire s'est dessiné sur ses lèvres et il s'est dirigé vers moi. C'était moi qui me faisais des idées ou il chancelait ?

— Hé, Lana ! Qu'est-ce que tu fais là, toute seule ?

J'ai ravalé le nœud qui s'était formé dans ma gorge. Je n'avais pas été aussi près de lui depuis la veille.

— Eh bien, euh, Ash et Beau sont…

J'ai désigné l'escalier, incapable d'en dire plus.

Son sourire s'est aussitôt effacé. Il a regardé l'escalier d'un air dégoûté. Super. Exactement ce dont j'avais besoin.

J'ai tressailli lorsque sa main s'est refermée sur la mienne.

— Viens avec moi, Lana. Tu vas pouvoir t'occuper de moi maintenant que tu es toute seule. J'ai très envie de voir de plus près ces jambes que j'ai passé la soirée à admirer.

Il m'a attirée sur un canapé et m'a serrée contre lui.

— Humm, tu sens bon, a-t-il marmonné dans mon cou.

Il a fait glisser sa main sur ma taille et a caressé ma peau sous mon tee-shirt. Puis il a passé l'autre main dans mes cheveux.

Mon cœur battait la chamade. C'était la première fois que je me retrouvais aussi près d'un garçon. Et ce n'était pas n'importe lequel. C'était Sawyer Vincent. Ma tête s'est mise à tourner.

Il a embrassé mon épaule, ma nuque, et un frisson m'a parcourue lorsque son souffle tiède a chatouillé mon oreille.

— Je me sens bien avec toi, Lana. J'oublie tout, a-t-il chuchoté en se penchant sur moi pour que nos lèvres se rencontrent.

Le désir dévorant que j'avais éprouvé lors de notre premier baiser m'a submergée à nouveau. Il a aspiré ma lèvre inférieure entre les siennes avec un grognement sourd. Je me suis pressée contre lui et j'ai plongé mes doigts dans ses boucles brunes en priant pour que ce baiser ne s'achève pas aussi brusquement que le premier.

Un gémissement m'a échappé lorsque sa langue a caressé la mienne. Ses mains ont glissé le long de ma colonne vertébrale et enserré ma taille pour me maintenir contre lui. Je me suis mise à me tortiller fébrilement lorsqu'une vague de chaleur m'a envahie et qu'un étrange chatouillement s'est manifesté au creux de mon ventre.

— Eh, Saw, prenez une chambre ! a crié une voix grave.

Je me suis raidie et me suis éloignée de Sawyer. J'avais complètement oublié que nous étions dans un salon. Entourés de gens ! Mes joues se sont enflammées. J'ai risqué un regard vers Sawyer, qui m'observait avec un sourire amusé.

— Il est un peu tard pour faire ta timide, Lana, a-t-il dit d'une voix traînante en m'attirant à nouveau contre lui.

— Sawyer ! Qu'est-ce que tu fais ? s'est écriée Ashton derrière moi.

J'ai bondi à l'autre bout du canapé comme si j'avais été prise en train de faire quelque chose de mal.

— À ton avis, Ash ? a répliqué Sawyer.

— Tu… embrassais Lana ? !

— Eh oui ! C'est quelque chose, ta cousine ! Et je pense que ça lui a plu autant qu'à moi.

Des sifflements ont fusé autour de nous. J'étais incapable de détacher mes yeux de Sawyer tant j'étais sous le choc.

— Ne t'avise pas de te servir d'elle pour…

— Me servir d'elle ? Sérieusement, Ash, tu crois que c'est ce que je fais ? Laisse-moi te dire que tu te trompes. Ça te choque que je sois attiré par une autre fille que toi ?

Son ton satisfait ne m'avait pas échappé. Pourquoi semblait-il si content de lui ?

— Ce n'est pas ce que je voulais dire ! s'est emportée Ashton.

Sawyer a levé un sourcil incrédule.

— Vraiment ? Parce que ça y ressemblait drôlement, mon cœur.

— Ça suffit, Sawyer.

La voix de Beau m'a fait sursauter. Je me suis retournée pour le voir se diriger droit sur nous. Il était furieux.

— C'est elle qui a commencé, vieux.

Que Beau soit à deux doigts de démolir quelqu'un ne semblait pas du tout inquiéter Sawyer.

— Et si tu ne fermes pas tout de suite ta bouche d'ivrogne, c'est moi qui terminerai.

Quoi ? Sawyer était soûl ? Je l'ai observé attentivement. Pour moi, il avait seulement l'air détendu.

— Viens, Lana. On rentre, a dit Ashton.

Sawyer a pris ma main.

— Ne pars pas.

C'était tout ce dont j'avais besoin. J'étais venue ici pour une seule raison : je voulais que Sawyer Vincent me remarque. Je n'allais pas partir alors que j'avais réussi à capter son attention.

— J'aimerais rester encore un peu, ai-je répondu en espérant qu'elle ne se fâcherait pas.

— Mais c'est…

— … pas tes affaires, l'a coupée Sawyer.

Les yeux d'Ashton ont brillé de colère mais Beau l'a ramenée à la raison.

— D'accord. Reste si tu veux. Mais ne laisse pas Sawyer te raccompagner. On viendra te chercher. Appelle quand tu voudras rentrer.

J'ai acquiescé.

— Ça tombe bien, que vous partiez. Lana et moi avions justement besoin d'une chambre, a lâché Sawyer.

Il s'est levé en titubant, toujours accroché à ma main. Les rires des invités m'ont remis les idées en place. Je me suis libérée de son étreinte, rouge de honte. Sawyer était vraiment soûl. Du moins, je l'espérais. Parce que le Sawyer que je connaissais n'aurait jamais insinué que je puisse vouloir me retrouver dans une chambre avec lui.

— Tu sais quoi ? Je crois que je vais rentrer, finalement, ai-je déclaré en essayant de masquer ma honte.

— Quoi ? Oh, non ! Qu'est-ce que j'ai fait ?

Sa voix de petit garçon allait presque me faire changer d'avis, mais ce qu'il avait dit – devant tout le monde, en plus – m'en a empêchée.

— Viens, a chuchoté Ash en me guidant vers la sortie.

— Que quelqu'un de sobre le ramène chez lui ou qu'on m'appelle pour que je vienne le chercher, a lancé Beau avant de nous suivre.

— Je ne suis pas soûl ! s'est écrié Sawyer.

Je retenais mes larmes tandis que la porte se refermait derrière nous.

6

Sawyer

J'étais soûl et cela ne m'était jamais arrivé, à part le jour où j'avais appris pour Beau et Ash. Et j'étais encore plus soûl que ce jour-là. Mon estomac s'est tordu, je me suis plié en deux et, encore une fois, j'ai vomi dans les buissons qui entouraient la maison de Kayla. J'étais en nage. J'ai posé mes mains sur mes genoux, fermé les yeux et j'ai réuni toutes mes forces pour ne pas m'évanouir. C'était quoi, ce truc que j'avais bu ? Tout ce dont je me souvenais était d'avoir versé du rhum dans deux ou trois verres de Coca. Ou peut-être que j'avais arrêté d'ajouter du Coca et bu le rhum directement à la bouteille… Minute. Non, j'étais passé à la vodka. Il n'y avait plus de rhum. Mon estomac s'est à nouveau soulevé, mais plus rien n'en est sorti. Je me suis éloigné des buissons pour m'appuyer contre le mur de briques, à la recherche d'un peu de fraîcheur.

— Bois ça, crétin.

J'ai ouvert les yeux et ai découvert Beau, une bouteille en plastique à la main et un air profondément contrarié sur le visage. Il m'avait apporté de l'eau. L'alcool que j'avais régurgité avait laissé un goût atroce dans ma bouche. J'aurais dû le remercier d'être venu à mon secours, mais je ne pouvais pas m'y résoudre.

J'ai ouvert la bouteille et bu de longues gorgées. Aussitôt, je me suis senti mieux.

— Bois encore un peu et je te ramène.

Son ton autoritaire commençait à me taper sur les nerfs. Il se croyait mieux que moi depuis qu'il était avec Ash ?

— Fiche-moi la paix, Beau, ai-je grondé avant de boire une autre gorgée.

— J'ai promis à Ash de ne pas me prendre la tête avec toi ce soir. Ne me force pas à rompre ma promesse.

J'ai poussé un long soupir avant de me lever et de me diriger vers mon 4 × 4. Je n'étais plus soûl. J'avais renvoyé tout l'alcool que j'avais bu dans les buissons des Jenkins.

— Ne fais pas ça, Sawyer. Tu tiens à peine sur tes jambes. Laisse-moi te ramener.

Je me suis arrêté pour lui lancer un regard noir.

— Pourquoi ? Je me dispute sans arrêt avec Ashton. Je ne peux pas m'empêcher de la regarder. De la désirer. Alors pourquoi tiens-tu tellement à m'aider ?

— Parce que tu es mon frère, a-t-il répondu en poussant un soupir.

Celle-là, c'était la meilleure ! Ça ne l'avait pas gêné que je sois son frère quand il m'avait piqué ma copine. Officiellement, nous n'étions encore que cousins, mais nous avions toujours été comme des frères.

— Je croyais que c'était réglé, Sawyer. Tu nous as donné ta bénédiction. Alors c'est quoi, ton problème ?

Mon problème ? C'était lui, mon problème ! Il sortait avec *ma* copine. Il allait rentrer dans *ma* fac. Il avait tout ce que j'avais toujours souhaité !

— Laisse tomber, ai-je marmonné en retournant à ma voiture.

— Sawyer, je te ferai monter de force s'il le faut.

Il ne semblait pas en colère, juste las.

Je n'étais pas en état de me battre avec lui. J'étais sûr de perdre, et de récupérer quelques bleus en prime.

— OK. Ramène-moi.

De retour à la maison, j'ai pris une douche brûlante et me suis effondré sur mon lit. J'ai rampé sous ma couette et repensé à ce qu'Ashton avait dit à la soirée. Elle était en colère. Pourquoi ? Parce que j'avais embrassé Lana devant tout le monde ? Ce n'était qu'un baiser. Mais quel baiser ! Sa peau était d'une douceur extraordinaire. Ses cheveux sentaient divinement bon. J'avais senti son cœur s'accélérer et cela m'avait rendu fou à un point que je n'aurais jamais cru possible.

Mais Ashton y avait mis un terme. Ça l'avait rendue furieuse – un peu trop, même. Était-elle… jalouse ? Était-ce possible ? Je n'étais sorti avec personne depuis notre rupture. Elle ne m'avait jamais vu avec une autre fille – et encore moins dans ce genre de situation… Un petit sourire s'est formé sur mes lèvres. J'ai attrapé mon téléphone portable.

Moi : *S'il te plaît, dis à Lana que je suis désolé. J'étais soûl et j'ai agi comme un con.*

J'ai appuyé sur « envoyer » et attendu la réponse d'Ashton. Mon téléphone a presque aussitôt sonné, et mon sourire s'est élargi.

Ash : *C'est le moins qu'on puisse dire. Je lui transmettrai tes excuses. Mais laisse-la tranquille, Sawyer.*

Elle était bel et bien jalouse ! Elle ne supportait pas que je m'intéresse à une autre. Ashton nous voulait tous les deux à ses pieds. Eh bien… voilà qui allait être amusant.

Moi : *Impossible, Ash. Elle me plaît vraiment.*

Je ne pensais pas qu'elle répondrait, mais un nouveau message est apparu.

Ash : *Je ne veux pas qu'elle souffre.*

J'ai laissé échapper un rire. La vilaine petite menteuse. En vérité, elle ne voulait pas me laisser à une autre.

Moi : *Je ne la ferai pas souffrir. Je veux juste passer du temps avec elle. Je peux avoir son numéro ?*
Ash : *Pas ce soir.*

Je me suis rallongé, le sourire aux lèvres. La suite des événements s'annonçait palpitante.

Lana

— Lana ?

La voix d'Ashton m'a tirée de mes pensées. Je me demandais si je devais rester ou tout abandonner et rentrer à la maison.

— Oui, ai-je répondu, incapable de faire semblant de dormir.

Ashton a ouvert la porte de la chambre d'amis que j'occupais. À sa façon de se triturer les mains en s'approchant, j'ai su qu'il s'agissait de Sawyer. Je n'avais pas envie de parler de lui. Du moins pas maintenant.

— Hum... est-ce que, euh, Sawyer te plaît ?

Comment pouvait-on être aveugle à ce point ? Il était temps qu'elle sorte de sa bulle.

— Euh, oui. Plus ou moins.

Ses épaules se sont affaissées. Elle a opiné.

— C'est ce que je pensais.

Elle s'est assise sur le lit, l'air inquiet, mais j'ignorais si c'était pour moi, pour elle ou pour Sawyer.

— Il n'était pas lui-même, ce soir.

Elle m'a regardée, les yeux emplis de tristesse. Je n'y voyais aucune jalousie, ni appréhension. Juste de la tristesse.

— Je sais. Je pensais que Beau était le seul à se comporter de cette façon.

— Ça ne lui ressemble pas. Ce soir, j'ai découvert une facette de Sawyer que je n'avais jamais vue. À part chez Beau. Avant qu'on sorte ensemble.

Les pièces du puzzle se sont assemblées. Sawyer avait

agi comme Beau quand il ne sortait pas avec Ashton mais qu'il la désirait. Une douleur familière s'est installée dans ma poitrine. Celle qui se manifestait chaque fois que je surprenais les regards pleins de tendresse et de dévotion que Sawyer lançait à ma cousine.

— Ça paraît logique, ai-je murmuré, plus pour moi que pour elle.

Sawyer reproduisait le comportement de son cousin pour attirer l'attention d'Ashton. Cela faisait six mois, bon sang ! Combien de temps lui faudrait-il ?

— Il m'a envoyé un texto tout à l'heure, a repris Ashton.

— Qui ?

Avec elle on ne pouvait jamais savoir de quel Vincent elle parlait.

— Sawyer. Il voulait que je te dise qu'il était désolé.

Mon idiot de cœur s'est emballé, mais je suis restée impassible. Il devait davantage se soucier des sentiments d'Ashton que des miens.

— Oh..., suis-je parvenue à articuler.

— Je ne sais pas ce qu'il te veut, Lana. Enfin, je veux dire, tu es magnifique et c'est un mec, je comprends qu'il s'intéresse à toi mais...

— Mais tu as peur qu'il se serve de moi pour te récupérer, ai-je complété pour elle.

Elle a pincé les lèvres. C'était encore pire dit à voix haute. Mais c'était la vérité.

— Le Sawyer que je connais n'a rien d'un manipulateur. Il n'aurait jamais agi comme il l'a fait. Vous êtes allés plus loin sur ce canapé que nous en trois ans de relation, c'est dire ! (Elle a laissé échapper un rire amer.) Je devais presque le supplier pour obtenir plus qu'un simple baiser. Alors, quand je vous ai vus ce soir… Enfin, ce que j'essaye de te dire, c'est : sois prudente. Je ne sais pas ce qu'il a derrière la tête, mais je refuse de croire qu'il cherche à m'atteindre à travers toi. Je ne pense pas que ce soit son genre. Pour être honnête, je serais contente pour vous si vous sortiez ensemble. C'est un garçon merveilleux. Il n'était simplement pas fait pour moi… tu comprends ?

Je ne savais pas quoi dire. Je ne m'attendais pas à ce qu'elle prenne les choses aussi bien.

— Il veut ton numéro. Je ne lui ai pas donné. Je n'étais pas sûre que tu sois d'accord.

— Tu peux le lui donner, ai-je aussitôt répondu.

Ashton a ri et a acquiescé avant de se lever :

— Dans ce cas, je le ferai. Tu peux compter sur moi.

La note de malice dans sa voix m'a rassurée. Elle était vraiment sincère.

— Tu sais… si je suis venue ici, ce n'est pas seulement pour qu'on passe du temps ensemble avant d'aller à la fac…

Ashton a affiché un grand sourire et a haussé les sourcils.

— Tu veux dire que c'est un Vincent, et non moi, qui t'a amenée à Grove ? !

J'ai haussé les épaules et lui ai rendu son sourire.

— C'est dur de leur résister.

— À qui le dis-tu !

De la fenêtre de ma chambre, j'ai vu Ashton se jeter dans les bras de Beau et le couvrir de baisers comme si elle ne l'avait pas vu depuis des semaines. Il était torse nu et dégoulinant de sueur. Il a ajusté sa casquette floquée du logo de l'université d'Alabama avant de l'embrasser à pleine bouche. J'ai secoué la tête et me suis éloignée de la fenêtre.

Le refrain de *Tell Him* de Colbie Caillat m'a avertie de l'arrivée d'un nouveau texto. Je me suis précipitée sur mon téléphone. Mon cœur battait à cent à l'heure avant même d'avoir lu le message.

Sawyer : *C'est Sawyer. Je suis désolé pour hier soir. Laisse-moi me faire pardonner. Je vais faire un tour en bateau, aujourd'hui. Viens avec moi, s'il te plaît.*

Je n'ai pas pris la peine d'y réfléchir.

Moi : *OK. Quand ?*

J'aurais dû me montrer plus distante après les événements de la veille, mais si Sawyer m'appréciait vraiment, je n'étais pas sûre que ce soit la bonne tactique à adopter. Et s'il voulait m'utiliser pour récupérer Ashton, je devais tout mettre en œuvre pour le faire changer d'avis.

Sawyer : *Dans une heure, ça te va ?*
Moi : *Oui.*
Sawyer : *Prends un maillot de bain.*

J'ai pris une grande inspiration et ai relu plusieurs fois son message avant de répondre.

Moi : *OK.*

7

Sawyer

Lana est sortie au moment où je me suis garé dans l'allée. Je devais rattraper le coup après la soirée précédente, alors je suis allé lui ouvrir galamment la portière.

Elle a eu un sourire timide en me voyant ; il y avait encore de l'espoir. Mais un sentiment de culpabilité m'a assailli lorsqu'elle a plongé son regard innocent dans le mien.

— Salut.

— Je suis content que tu aies accepté de venir.

Elle a haussé les épaules. Son débardeur laissait apparaître des taches de rousseur que je n'avais pas remarquées jusque-là. L'envie pressante de déposer un baiser sur chacune d'elles m'a cloué sur place.

— Je n'allais pas t'en vouloir éternellement. Tu étais soûl et tu t'es comporté comme un con. Ça arrive à tout le monde.

Je n'ai pas pu m'empêcher de rire. Lana McDaniel venait de me traiter de con.

— C'est très délicat de ta part.

— Humm…, s'est-elle contentée de répondre.

J'ai ouvert la portière et lui ai offert ma main pour l'aider à monter. Son short a glissé sur sa jambe, révélant une tache de rousseur solitaire à l'arrière de sa cuisse, et mon cœur a battu plus fort. Je me suis empressé de détourner les yeux, puis, incapable de dire quoi que ce soit, j'ai fait le tour du véhicule et me suis installé à ma place en silence.

J'ai recouvré l'usage de la parole quelques minutes plus tard, sur la route menant au lac.

— Tu sais toujours faire du wakeboard[1], rassure-moi ?

C'était moi qui lui avais appris, un été, quand nous étions encore au collège. Beau et Ash avaient tout fait pour la déconcentrer et la faire tomber à l'eau. Un petit sourire s'est dessiné sur ses lèvres, et je me suis demandé si elle aussi se remémorait cette journée.

— Oui, je pense. C'est comme le vélo, non ? Ça ne s'oublie pas ?

L'idée que mes amis allaient aussi pouvoir profiter du spectacle me contrariait. Si j'avais pu, je me serais passé d'eux, mais la pratique du wakeboard n'était pas sans danger et il fallait que quelqu'un surveille le wakeboardeur, ce que je ne pouvais pas faire tout en pilotant le bateau. Et si je voulais surfer avec Lana, j'avais besoin d'un second pilote.

— J'imagine. Il te faudra peut-être plusieurs essais si tu es un peu rouillée.

1. Sport nautique à mi-chemin entre le ski nautique, le snowboard et le surf.

Lana a poussé un grognement qui m'a donné envie de rire. Elle avait eu tant de mal à tenir sur la planche, la première fois ! Mais elle n'avait pas renoncé. Sa détermination m'avait impressionné, à l'époque.

— On sera plusieurs, non ? J'imagine que, si tu veux surfer, tu vas avoir besoin d'un pilote pour te remplacer ?

J'ai acquiescé. La pointe de déception dans sa voix ne m'avait pas échappé. Elle voulait être seule avec moi et ça me plaisait. Beaucoup.

— Ethan sera là ?

Ma bonne humeur s'est envolée.

— Ethan ? Euh, sûrement.

Merde. J'avais oublié qu'ils s'étaient très bien entendus, au Wings. Ethan n'était pas à la fête, la veille. Il ne savait pas ce qui s'était passé. En fait, non, il était sûrement au courant. Ce genre de nouvelle va vite. Quelqu'un avait déjà dû tout lui raconter.

— Cool. J'aurai un autre ami à bord, alors.

Pas question ! J'allais devoir mettre Ethan sur la touche. Ses sentiments pour elle étaient sans doute plus sincères que les miens, mais elle n'était là que pour l'été. Si quelqu'un devait passer les vacances avec elle, ce serait moi. J'en avais plus besoin que lui. Et j'aimais vraiment sa compagnie. Lana était magnifique, drôle, intelligente, sans compter que flirter avec elle allait rendre Ashton jalouse et me permettre peut-être de la récupérer… Ce maudit sentiment de culpabilité a refait surface. J'avais besoin d'une bière. Elle m'aiderait à faire descendre le nœud qui s'était formé dans ma gorge.

Lana

Mon téléphone a sonné dans ma poche. C'était Ashton, à qui j'avais envoyé un texto pour lui dire que j'allais faire du bateau avec Sawyer.

— Salut, ai-je répondu en m'efforçant de ne pas le regarder.

Il conduisait, mais je sentais son regard qui se posait souvent sur moi.

— Vous serez seuls ? Ce n'est pas très sûr… On peut se joindre à vous, si tu veux.

Je ne voulais pas d'Ashton dans les parages. Sawyer n'aurait d'yeux que pour elle et j'avais besoin de toute son attention.

— Non, on ne sera pas seuls. Ne t'inquiète pas.

— Si c'est Ash, dis-lui qu'ils sont les bienvenus, a dit Sawyer.

Quoi ?

— Remercie-le, mais si vous êtes déjà accompagnés il vaut mieux qu'on ne vienne pas. (Elle a marqué une pause avant de poursuivre.) Ce serait bizarre.

— Je lui dirai.

— Ce soir, on va manger un morceau et voir le concert de Little Big Town au Wharf. Ethan sera là aussi. Il a deux entrées et il se demandait si tu aimerais y aller, tu sais… avec lui.

Ethan ? J'ai risqué un œil vers Sawyer. Il fixait la route mais je savais qu'il écoutait. Il était temps d'entrer dans la partie.

— Bien sûr, ce serait sympa. Je suis justement sur le point de voir Ethan, alors je lui dirai moi-même.

Sawyer a tourné la tête pour me dévisager. Je lui ai jeté un regard innocent avant de raccrocher.

— Ashton et Beau ont déjà des projets mais elle te remercie.

S'il voulait en savoir plus sur Ethan, il allait devoir me demander.

— Qu'est-ce que tu dois dire à Ethan ?

J'ai ouvert la bouche pour la refermer aussitôt. Après tout, ce n'était pas ses affaires. L'ancienne Lana lui aurait dit tout ce qu'il voulait savoir. Pas la nouvelle. La nouvelle Lana n'était pas une groupie qui s'était amourachée de lui… Bon OK, peut-être un peu, mais il n'avait pas besoin de le savoir.

— Si j'avais voulu que tu entendes, j'aurais mis Ashton sur haut-parleur, ai-je fini par répondre.

— Aïe. C'était juste une question.

Oups ! J'y étais peut-être allée un peu fort. Je voulais attiser sa curiosité, pas le vexer.

— Désolée. Ce n'est pas ce que j'ai voulu dire. Je me suis mal exprimée.

Il n'a pas répondu. Un silence pesant s'est installé dans la voiture.

Il s'est garé près du lac. Je devais rompre ce silence insupportable. La perspective de passer la journée avec un Sawyer grognon ne m'emballait pas du tout.

— Je suis vraiment désolée pour tout à l'heure.

Il a coupé le moteur et m'a étudiée un moment avant de hocher la tête.

— Pas de souci. Je n'aurais pas dû me mêler de tes affaires. Je pensais qu'on était amis. J'ai demandé sans réfléchir.

Super. Comme ça, je me sentais encore plus mal.

— On est amis. Je ne sais pas pourquoi j'ai réagi comme ça. J'imagine que ta question m'a mise mal à l'aise.

Ce qui n'était pas tout à fait faux.

Il a froncé les sourcils, et il m'a paru encore plus attirant que d'habitude.

— Mal à l'aise ?

Génial ! Je m'enfonçais encore plus. J'en avais dit trop ou pas assez. La meilleure solution était de mentir…

— Je ne suis jamais sortie avec un garçon, et Ethan m'a proposé d'aller à un concert ce soir. Enfin, il a demandé à Ash de me demander si je voulais l'accompagner.

… ou je pouvais aussi lui déballer toute la vérité et passer pour une idiote. Quelle gourde ! J'étais vraiment nulle pour mentir. J'avais ouvert la bouche pour dire un mensonge, et c'était la vérité qui en était sortie. J'ai retenu une grimace et ai ouvert la portière. J'allais mourir de honte. J'avais dix-huit ans et je n'étais jamais sortie avec un garçon. Il devait me trouver pathétique.

— Attends.

Il a attrapé mon bras. Je me suis tournée vers lui en soupirant. Il avait l'air plus frustré que surpris par ma révélation. Intéressant…

— Ethan te plaît ?

Oui, Ethan me plaisait. Il était gentil, drôle, attentionné, et je lui plaisais aussi. Et il n'avait pas d'ex-copine encombrante à laquelle il tenait toujours. Mais ce n'était pas Sawyer.

J'ai hoché la tête. Et attendu.

Sawyer a ouvert la bouche, puis l'a refermée.

— Laisse tomber. Viens, a-t-il dit avant de sortir de la voiture.

J'aurais donné n'importe quoi pour savoir ce qu'il allait dire. Mais la discussion était close, et j'allais devoir passer la journée à me demander si je n'avais pas gâché mes chances avec lui. Ethan était son ami. Et après ce qui s'était passé avec Beau, je doutais qu'il veuille revivre la même chose en sortant avec une fille à laquelle son ami s'était intéressé en premier.

8

Sawyer

Si Ethan avait chuchoté dans son oreille encore une fois, je l'aurais fait passer par-dessus bord. Heureusement pour lui, Lana ne semblait pas très réceptive à ses tentatives d'approche. C'était la seule raison pour laquelle il était encore sur le bateau. Ils ne paraissaient plus aussi complices qu'au restaurant. À vrai dire, Lana avait même l'air contrariée. S'était-elle rendu compte qu'Ethan n'était pas si intéressant que ça ? Je l'espérais. Même si c'était pour de mauvaises raisons, je ne pouvais pas m'empêcher de la vouloir pour moi. Pourtant, je ne voulais pas la faire souffrir ; elle était tellement adorable. Si Ethan arrivait à la rendre heureuse, je n'étais pas sûr de pouvoir lui barrer la route juste dans l'espoir de récupérer Ash.

— Tu veux que je prévienne Ethan ?

Jake a interrompu mes pensées. J'ai quitté Lana et Ethan des yeux pour me concentrer sur la conduite du bateau.

— De quoi ? ai-je demandé d'un ton ennuyé.

Il a ricané.

— Du regard assassin que tu lui adressais.

Depuis quand Jake faisait-il attention à ce qui se passait autour de lui ?

J'ai secoué la tête et ai jeté un œil à Kayla et à Toby. Ils surfaient depuis plus de vingt minutes. Si je n'intervenais pas, ils allaient y passer la journée. J'avais besoin de me distraire.

— Accrochez-vous, ça va secouer ! ai-je prévenu.

Lana s'est agrippée au bateau et a regardé Kayla et Toby d'un air inquiet. J'ai donné un grand coup de volant qui les a fait voltiger dans les airs. Kayla a poussé un cri aigu et Toby a hurlé ce qui ressemblait vaguement à « enfoi… » avant de s'écraser dans l'eau avec un grand splash.

— Oh, mon Dieu ! Est-ce qu'ils vont bien ? s'est écriée Lana en se tournant vers moi.

Ils allaient bien. Nous faisions du wakeboard depuis l'enfance. Je savais faire chuter quelqu'un sans qu'il se blesse. Et Toby et Kayla savaient comment tomber sans se faire mal.

Lana s'est retournée au moment où ils refaisaient surface. Kayla a éclaté de rire et Toby l'a embrassée. Tout allait bien. Elle s'est aussitôt détendue.

— C'est comme ça que Sawyer fait comprendre aux gens que leur temps est écoulé, a dit Ethan en lui souriant d'un air niais.

Je lui rendrais service en la lui piquant. Le pauvre garçon était ridicule. Lana m'a dévisagé de ses grands yeux verts. J'ai avalé ma salive de travers ; ils ressemblaient tellement à ceux d'Ashton.

— Je ne suis pas sûre de vouloir y aller, finalement.

J'ai laissé échapper un rire et ai donné un coup de coude à Jake.

— Prends le volant.

Puis, m'adressant à Lana :

— Rassure-toi, je ne vais pas piloter. Je viens avec toi.

Elle nous a lancé un regard apeuré. Elle ne lui faisait pas plus confiance qu'à moi.

— Euh, je ne sais pas. Peut-être... peut-être qu'Ethan pourrait piloter ?

Le visage d'Ethan, qui s'était renfrogné quand j'avais annoncé à Lana que j'allais surfer avec elle, s'est éclairé.

— Peu importe, a dit Jake en retournant s'asseoir sur la banquette.

Ethan a pris le volant et coupé le moteur pour laisser Kayla et Toby remonter à bord.

— Tu aurais simplement pu nous dire d'arrêter, a ronchonné Toby tandis qu'il aidait Kayla à se hisser sur la plate-forme du bateau.

— Mais ça n'aurait pas été aussi drôle, ai-je rétorqué en récupérant le gilet de sauvetage de Kayla pour le tendre à Lana. Celui-ci devrait t'aller. Les autres seront trop grands.

Lana a pris le gilet et a frissonné lorsqu'une goutte est tombée sur sa peau chauffée par le soleil.

— Ce n'est pas tout à fait vrai, a corrigé Kayla. Il y en a un autre sous la banquette, mais c'est celui d'Ashton. Il ne laisse personne l'utiliser malgré...

— Arrête, est intervenu Toby en la guidant vers l'avant du bateau.

Je n'osais pas regarder Lana. Je ne voulais pas qu'elle

sache, pour le gilet d'Ashton. Il était bel et bien rangé sous les sièges, mais je n'étais pas prêt à le voir sur quelqu'un d'autre. Je le lui avais offert à l'époque où nous surfions ensemble. Au bon vieux temps...

J'ai enfilé mon gilet de sauvetage et me suis jeté à l'eau.

— Il faut que je saute ? a demandé Lana avec une note d'inquiétude dans la voix.

J'ai nagé vers elle.

— Assieds-toi sur la plate-forme.

Elle s'est exécutée, les yeux rivés sur moi. Je l'ai attrapée par la taille et l'ai attirée doucement dans l'eau.

— Ooouh, c'est froid.

Elle s'est agrippée à moi. Sa lèvre inférieure tremblait, et je n'ai pas pu résister à l'envie de l'embrasser. Je lui avais fait enfiler un gilet de sauvetage trempé parce que je n'avais pas eu le courage de lui prêter celui d'Ashton, je me devais au moins de réchauffer ses lèvres gelées.

Son corps s'est tendu lorsque nos lèvres se sont rencontrées. Ses mains ont glissé sur mes bras, jusqu'à ma nuque, alors que je la serrais contre moi. Sentir ses lèvres sur les miennes m'a mis en appétit. J'en voulais plus. J'ai goûté sa lèvre inférieure et, lorsque sa bouche s'est entrouverte pour laisser échapper un soupir, je m'y suis engouffré. J'ai caressé sa langue tandis qu'elle pressait son corps contre le mien, ses doigts enfouis dans mes cheveux. J'ai soulevé ses jambes pour les passer autour de ma taille.

— Ça vous gênerait de faire ça ailleurs ? a grondé Jake, me rappelant qu'un bateau rempli de personnes était aux premières loges.

Je me suis écarté de Lana. Son grognement de frustration m'a donné envie de la reprendre dans mes bras.

Après tout, je me fichais qu'on nous regarde. Mais elle a ouvert les yeux et a découvert notre public, et ses joues se sont aussitôt enflammées. Elle a baissé la tête, rouge de honte.

— Bon, vous y allez, ou quoi ? s'est impatienté Toby.

J'ai pris une planche et l'ai tendue à Lana.

— Tu te souviens comment on fait ?

Elle a inspiré profondément et a hoché la tête avant de s'éloigner. Cette fois, c'est moi qui ai grogné. La chaleur de son corps me manquait déjà.

— Oui, je crois.

J'ai pris ma planche sur la plate-forme. Ethan me dévisageait. J'ai haussé les épaules en guise d'excuse et ai rejoint Lana pour m'assurer qu'elle avait correctement fixé ses pieds sur la planche avant qu'il ne démarre.

— Il a l'air en colère.

— Il l'est.

— Tu penses qu'il va nous faire tomber ?

J'ai secoué la tête. Ethan était peut-être en colère, mais il n'était pas stupide. Lana lui faisait confiance. Il ne prendrait pas le risque de la décevoir. Sans compter qu'il aurait affaire à moi s'il lui faisait peur. Mais ça, il le savait déjà.

— Ça va aller ? Tu es bien attachée ?

Elle a confirmé avec un petit sourire crispé.

Lana

Mais que s'était-il passé ? ! Mon corps était encore tout tremblotant, sans parler de la sensation étrange qui s'était manifestée au creux de mon… hum… intimité. Dire que j'avais été à deux doigts de coucher avec Sawyer… dans un lac… devant des gens !

— Prête ? a-t-il demandé.

J'ai hoché la tête malgré mon appréhension. Ethan a démarré le bateau. J'avais observé Kayla et Toby afin de me remémorer les gestes de base. Je n'avais pas l'intention de reproduire leurs acrobaties, mais cela pouvait toujours servir. Une fois bien en équilibre sur ma planche, j'ai risqué un regard vers Sawyer. Mon cœur s'est serré en voyant son sourire approbateur. Il était tellement beau. Il s'est approché et j'ai dû faire un effort de concentration pour garder mon équilibre.

— Tu t'en sors bien.

Il m'a souri, avant de se déporter sur la gauche à toute vitesse. Je l'ai vu s'élever dans les airs, encore plus haut que Kayla, et retomber sur l'eau. Sur le bateau, sifflets et applaudissements ont retenti. Moi, j'osais à peine osciller de gauche à droite de peur de m'écraser dans l'eau. J'ai jeté un rapide coup d'œil à Sawyer, qui enchaînait les figures de son côté.

Mes bras commençaient à me brûler. J'avais du mal à m'accrocher à la corde. Je me suis mordu la lèvre pour tenir bon.

— Tu as mal aux bras ? s'est enquis Sawyer en se rapprochant de moi.

J'ai acquiescé à contrecœur. Je ne voulais pas m'arrêter tout de suite, il s'amusait tellement bien !

— Lâche la corde à trois, a-t-il dit avant de commencer à compter.

Nous avons lâché prise au même moment et nous nous sommes lentement enfoncés dans l'eau.

— Maintenant, détache tes pieds de la planche.

Il ne m'a pas imitée. Il allait continuer sans moi. Étrangement, mes bras ne me brûlaient plus autant. Mais le bateau nous a rejoints.

— Donne ta planche à Toby et viens par ici, a poursuivi Sawyer.

Je me suis exécutée.

— Passe tes jambes autour de ma taille et tes bras autour de mon cou et accroche-toi, m'a-t-il indiqué avec un timide sourire.

— Qu... quoi ? Pourquoi ? ai-je bégayé, soudain inquiète.

Tout en tenant la corde d'une main, il m'a attirée à lui.

— Allez, Lana, il ne t'arrivera rien. Fais-moi confiance.

Un cri aigu a attiré mon attention. Sur le bateau, Kayla semblait ravie.

— Fais-le, Lana ! J'ai déjà vu Sawyer le faire plein de fois avec Ash ! m'a-t-elle encouragée.

Je me suis tournée vers Sawyer.

— Mais Ash a plus l'habitude que moi.

— Tout ce que tu as à faire, c'est t'accrocher à moi. Je m'occupe du reste.

Un mélange de peur et d'excitation m'a submergée, alors que j'enroulais bras et jambes autour de lui.

Mon cœur battait à tout rompre, et il s'est emballé encore plus quand le bateau a démarré en trombe. Je me suis agrippée à Sawyer et j'ai enfoui mon visage dans son cou. Un rire troublant a résonné dans sa poitrine. Avant que je ne m'en rende compte, nous glissions déjà sur l'eau.

J'ai réajusté ma position, de peur d'être trop lourde ou de le serrer trop fort.

— S'il te plaît, Lana, arrête de bouger.

Je me suis redressée pour le regarder. Son regard incandescent a enflammé tout mon corps.

— Je te fais mal ? suis-je parvenue à articuler.

Sawyer a secoué la tête et a déposé un baiser sur mon front.

— Pas comme tu le crois. Accroche-toi. Je vais te donner un petit aperçu de ce que je sais faire.

Je me suis serrée contre lui et me suis forcée à garder les yeux ouverts lorsqu'il s'est déporté pour prendre de l'élan. Un sentiment grisant de liberté m'a envahie quand la planche s'est envolée. Nous sommes retombés sur l'eau tout en douceur.

— Alors ? a demandé Sawyer.

— C'était génial !

— Tant mieux, parce qu'on y retourne. Plus haut, cette fois !

Et il nous a envoyés dans les airs tellement vite que mon estomac a fait un tour sur lui-même.

— Waooouh !

— Génial, pas vrai ?

Le bateau a ralenti et nous avons sombré dans l'eau.

— Merci de m'avoir fait confiance, a-t-il déclaré tandis que nous attendions que les autres viennent nous chercher.

— Merci pour la balade.

9

Sawyer

J'ai attendu que Lana rentre dans la maison pour me jeter sur mon téléphone.

— Ouais ? a fait Beau après la troisième sonnerie.

— Il me faut une place pour le concert de ce soir. Je viens avec vous.

Il n'a pas répondu tout de suite. Je l'ai entendu soupirer.

— La petite Lana t'a retourné le cerveau, c'est ça ?

J'ai avalé ma salive de travers.

— On dirait bien.

— Ashton lui a arrangé le coup avec Ethan, t'es au courant ?

Mon sang a bouillonné dans mes veines. Oui, j'étais au courant, et j'allais empêcher ça. Je voulais peut-être rendre Ashton jalouse, mais j'avais aussi envie de passer du temps avec Lana. J'oubliais tout avec elle. Je me sentais bien. Il n'y avait que lorsqu'on était ensemble que je ne pensais pas à Ashton.

— Tu me dois bien ça, Beau. Il faut que je vienne ce soir.

— Ash va être furieuse. Elle pense que tu veux utiliser Lana, et elle n'a peut-être pas tort.

— Lana est séduisante et célibataire, je n'ai pas besoin d'une autre raison pour avoir envie de sortir avec elle. Il faut que je me change les idées. Ça nous fera du bien à tous les trois.

Beau a mis un moment pour répondre.

— Le groupe joue à guichet fermé. Mais Leann sera là et elle a une place en trop parce que son rencard l'a lâchée. Je doute qu'elle veuille te la donner, mais elle acceptera peut-être de te la revendre.

— J'ai son numéro. Je vais l'appeler. Merci.

Je n'ai pas attendu sa réponse. J'ai raccroché et ai parcouru mon répertoire à la recherche du numéro de Leann.

Nous étions censés aller au concert par couples, car aucun de nous ne possédait de voiture assez grande pour accueillir six personnes. Je n'étais pas d'accord. Il était hors de question que je me retrouve seul avec Leann pendant qu'Ethan serait avec Lana. J'ai donc emprunté le break de ma mère et embarqué tout le monde.

L'idée qu'Ethan s'asseye à côté de Lana ne me plaisait pas, mais je ne pouvais pas commencer à faire des histoires, alors je n'ai rien dit quand il l'a suivie dans la voiture.

— Je me fais des idées ou tu viens de grogner ? a chuchoté Leann, qui avait pris place à l'avant.

J'ai détaché mes yeux d'Ethan et ai démarré. Ça allait être les trente minutes les plus longues de ma vie.

— Toujours en train de grogner, s'est-elle moquée.

Je lui ai lancé un regard noir qui l'a fait glousser.

— Moi qui pensais que tu ne te remettrais jamais de ta rupture avec Ashton…

Elle a baissé son pare-soleil pour pouvoir observer Ethan et Lana dans le miroir.

— Si tu veux mon avis, elle ne s'intéresse pas à toi, a-t-elle ajouté en le remontant.

— Trouve-nous un truc à écouter, me suis-je contenté de répondre.

Mais elle n'allait pas me lâcher aussi facilement.

— Tu sais, Ethan est un type bien. Et il n'a pas une idée derrière la tête, lui.

J'ai serré les dents de toutes mes forces.

— Tu étais si gentil et bien élevé, Sawyer Vincent. Tu as beaucoup changé.

J'ai ajusté le rétroviseur pour avoir Lana en ligne de mire. Elle me regardait, et la frustration que j'éprouvais de ne pas être seul avec elle s'est envolée quand elle m'a souri. Je lui ai fait un clin d'œil et me suis consolé en me disant qu'il n'y aurait que dans la voiture qu'Ethan me la prendrait. Il ferait mieux d'en profiter.

— C'est Ash ou Lana que tu surveilles ? a questionné Leann.

J'avais complètement oublié Ashton, qui était assise derrière moi. J'ai tourné mon rétroviseur à temps pour la voir rire et poser sa tête sur l'épaule de Beau. Un nœud s'est formé dans mon estomac. Nos regards se sont croisés et son sourire s'est effacé, remplacé par une grimace inquiète et triste à la fois. L'éclat de malice qui brillait dans ses yeux quand elle riait me manquait. J'ai agrippé mon volant et ai détaché mon regard de la fille que j'avais toujours aimée, et de celle qui me mettait sens dessus dessous chaque fois qu'elle était près de moi.

— Tu ferais mieux de réajuster ce rétroviseur, a grondé Beau derrière moi.

Si seulement je pouvais le détester ! Ce n'était pas faute d'essayer, pourtant. Vraiment.

J'ai réajusté le miroir de façon à ne plus les voir ni l'une ni l'autre et ai monté le son de l'autoradio. Leann avait choisi *Break Your Little Heart* d'All Time Low. Plus approprié, tu meurs !

Lana

— Je suis content que tu sois là, a dit Ethan en se penchant vers moi.

J'ai quitté des yeux l'arrière du crâne de Sawyer.

— Je suis contente que tu m'aies invitée, ai-je répondu en faisant de mon mieux pour cacher ma déception.

Quand Ashton m'avait dit que Sawyer avait racheté la place de Leann et qu'il s'était arrangé pour qu'on parte tous ensemble, j'avais espéré que ce soit pour être avec moi plutôt qu'avec elle. Et quand il avait réglé son rétroviseur de manière à pouvoir me regarder dans le miroir, mon idiot de cœur avait bondi dans ma poitrine. Mais, ensuite, il l'avait tourné vers Ashton. Et, à nouveau, je ne savais plus quoi penser.

Ethan a jeté un coup d'œil à Sawyer et a soupiré.

— Je ne sais pas pourquoi il est venu, m'a-t-il chuchoté. Ça va encore partir en vrille. Sawyer ne pourra jamais oublier Ashton.

Ces paroles m'ont donné la nausée. L'entendre de la bouche de quelqu'un était encore plus douloureux. Je pensais pourtant avoir partagé un moment spécial avec Sawyer. J'avais senti son attirance pour moi. Mais que savais-je des mecs, après tout ? Rien. N'importe quel mec qui se serait retrouvé collé contre une fille à moitié nue aurait eu ce genre de « réaction »... À ce qu'on dit, c'est plus fort qu'eux.

J'ai poussé un long soupir et me suis enfoncée dans mon siège. L'espoir qu'il ait fait tout ça pour moi s'est envolé. Mais Ethan ne méritait pas que je passe ma soirée à me morfondre à propos de Sawyer. Après tout, c'était lui, pas Sawyer, qui m'avait invitée.

— Je ne suis jamais allée à un concert, ai-je dit pour changer de sujet.

Son visage s'est éclairé.

— C'est vrai ? Je suis ton premier, alors, a-t-il déclaré en haussant les sourcils d'un air taquin.

Je n'ai pas pu m'empêcher de rire.

— On peut dire ça comme ça, ai-je répondu d'une voix langoureuse, que je n'avais jamais osé utiliser avec un garçon.

Ses yeux se sont agrandis de surprise. Il a posé sa main sur la mienne et je l'ai laissé faire. Parce que, après tout, quelles raisons avais-je de refuser ?

J'avais eu le temps de digérer ma déception quand nous sommes arrivés au restaurant. J'avais décidé de profiter de ma soirée. Du moins, j'allais essayer. Parce que, si je devais la passer à voir Sawyer faire la tête à cause d'Ashton, j'allais finir aux toilettes avec une nouvelle nausée. Mais pour l'instant, ça allait.

— Tu vas adorer ce restaurant, a dit Ethan tandis que nous nous dirigions vers l'entrée. Ils servent les meilleures huîtres chaudes de l'État.

— À moins que ne tu les préfères froides.

La voix de Sawyer m'a fait sursauter. Je n'avais pas remarqué qu'il nous avait rejoints. Il m'a adressé un petit sourire coquin.

— Je partagerai ma douzaine avec toi.

— Ta douzaine ? ai-je questionné, troublée par son odeur enivrante et ses doigts qui effleuraient discrètement les miens.

— D'huîtres, a-t-il répondu d'une voix profonde.

— Oh ! Je n'en ai jamais mangé, je ne sais pas si ça va me plaire.

Mon cœur battait à cent à l'heure, comme toujours lorsqu'il était près de moi. Il faisait horriblement chaud et j'avais besoin d'air frais.

— Si elle veut des huîtres, je lui en prendrai, est intervenu Ethan d'un ton sec.

J'avais oublié qu'il était là.

— T'emballe pas, je lui proposais juste de partager les miennes, a répliqué Sawyer, les yeux toujours fixés sur moi.

Il a caressé mon poignet et fait courir ses doigts sur l'intérieur de mon bras.

Ethan a ouvert la porte du restaurant et m'a invitée à entrer. Il a posé sa main dans mon dos pour me guider à l'intérieur en se plaçant volontairement entre Sawyer et moi. Je me suis sentie coupable. Je venais de me liquéfier devant Sawyer alors que j'étais venue avec Ethan.

— Il faut que j'aille aux toilettes. Viens avec moi, Lana, a annoncé Leann en m'attrapant par le bras.

Dès que la porte s'est refermée derrière nous, Leann s'est exclamée :

— Ben, ma vieille ! Tu veux que je t'asperge d'un peu d'eau fraîche ?

J'ai poussé un grognement et j'ai enfoui mon visage entre mes mains. Super, tout le monde avait remarqué ! Pourquoi Sawyer me faisait-il ça ? Il jouait avec moi comme avec une marionnette, pour rendre Ashton jalouse, et moi je me laissais faire. C'était pathétique !

— Je suis désolée, me suis-je finalement excusée.

Leann a laissé échapper un rire.

— Désolée pour quoi ? Tu n'as rien fait de mal. Sawyer Vincent est canon, Lana. Il n'avait jamais, je dis bien jamais, fait à quelqu'un ce qu'il t'a fait aujourd'hui. Pas même à Ashton. Je n'arrive pas à croire ce que je viens de voir. Je veux dire, il a toujours été gentil et attentionné. Mais aussi ardent ? Pas son genre. En tout cas, pas à ce point. Je n'aurais jamais cru le voir comme ça un jour. Je l'ai toujours trouvé canon, mais il n'arrivait pas à la cheville de Beau en matière de sex-appeal. Mais là… Waouh ! C'était chaud ! Je me serais jetée sur lui, à ta place, et j'ai un copain.

Je pensais à ce que Leann venait de dire. Je me sentais plus perdue que jamais.

— Réfléchis une minute. Est-ce que tu l'as déjà vu toucher ou regarder Ashton avec l'air de vouloir se retrouver seul avec elle ? Non. Parce que ça n'est jamais arrivé.

Il se comportait avec elle comme si c'était une bonne sœur et lui un prêtre. Mais avec toi, là, tout à l'heure… c'était autre chose !

— Tu crois ? ai-je demandé, perplexe.

— Oh oui ! Mais la vraie question est : qu'est-ce que tu fais avec Ethan ? Parce que c'est un type bien et je ne veux pas le voir souffrir, d'autant qu'il semble vraiment t'apprécier.

J'ai secoué la tête et me suis appuyée contre le lavabo.

— Je ne sais pas. Enfin, je veux dire, je l'aime bien, mais pas de cette façon. Il est sympa, il s'intéresse à moi, et je me suis dit que…

Je me suis interrompue. Ethan était son ami. Je n'étais pas sûre de pouvoir lui dire pourquoi j'avais accepté son invitation.

— Tu t'es dit que tu allais pouvoir rendre Sawyer jaloux. Ça, j'avais compris. Mais tu dois laisser tomber Ethan en douceur. Ne le fais pas souffrir, d'accord ?

J'ai opiné et ai relevé la tête pour contempler mon reflet dans le miroir. Qui était cette fille qui me regardait ? La connaissais-je vraiment ? Elle semblait si différente de celle que j'étais avant.

— Je ne le ferai pas souffrir, promis.

— Bien.

La porte s'est ouverte sur Ashton, qui se mordait la lèvre en nous regardant à tour de rôle.

— On a eu une petite discussion, tout est cool, l'a informée Leann.

— Oh, OK. (Elle m'a étudiée un instant.) Est-ce que ça va ?

— Oui, ça va.

— Sawyer est différent, avec elle, Ash, a lâché Leann de but en blanc.

— Je sais. Je l'ai vu, moi aussi.

— Je pense que ça va au-delà de ce qu'il croit.

Ashton a esquissé un sourire.

— Tu crois ?

Leann a hoché la tête.

Ashton a pris ma main et l'a serrée dans la sienne.

— Viens. Il faut qu'on y retourne avant que l'un d'eux ne dise un mot de travers et que l'enfer ne se déchaîne sous nos pieds.

10

Sawyer

— C'était quoi, ça ?! a demandé Ethan dès qu'Ashton se fut éloignée.

— Ash qui va aux toilettes, ai-je répondu d'un ton détaché.

Ethan s'est levé d'un bond.

— Assieds-toi, a aboyé Beau. (Il s'est aussitôt collé au dossier de sa chaise.) Et toi, ne fais pas comme si tu n'avais pas compris.

— Il sait très bien que Lana me plaît. Il était avec nous, aujourd'hui, que je sache. Il a vu ce qui s'est passé. C'est avec *moi* qu'elle veut être. Ça se voit comme le nez au milieu de la figure. Ce n'est pas ma faute si elle a été trop gentille pour refuser son invitation.

Ethan a poussé un soupir las. Il savait que j'avais raison.

— Tu tiens toujours à Ash… (il s'est interrompu devant le regard de Beau).

— Non, je ne tiens plus à elle. Elle a tourné la page,

et j'essaye d'en faire autant. Mais tu te mets en travers de mon chemin.

— T'es obligé de draguer Lana alors qu'on était censés passer la soirée ensemble ? Tu pourrais au moins me laisser profiter de cette sortie !

J'ai secoué la tête et siroté le Coca que la serveuse m'avait apporté.

— Et lui laisser croire que ça ne me fait rien de la voir avec toi ? Pas question.

Beau s'est éclairci la gorge.

— Hé, Ash !

Ashton s'est assise à côté de lui tandis que Lana se dirigeait vers nous. J'avais volontairement laissé une chaise libre entre Ethan et moi.

— Je suppose que cette chaise n'est pas pour moi, a déclaré Leann d'un ton moqueur en passant derrière moi pour aller s'asseoir près d'Ashton.

Lana a pris place sur la chaise que j'avais gardée pour elle, à égale distance entre Ethan et moi.

Elle m'a glissé un regard à travers le rideau de ses cheveux. J'ai écarté de son visage les longues mèches soyeuses qui me bloquaient la vue.

— Voilà. C'est mieux comme ça.

Son corps s'est aussitôt tendu.

— Alors, tu vas prendre des huîtres avec moi ou pas ? l'ai-je questionnée en me penchant près d'elle pour regarder son menu plutôt que le mien.

— Oh, je… euh, a-t-elle bégayé.

Leann a alors poussé un long soupir :

— Laisse-la un peu respirer, Sawyer.

— C'est moi qui te rends nerveuse, Lana ?

Elle a relevé la tête et esquissé un faible sourire. Ses lèvres étaient encore plus pulpeuses que d'habitude avec leur gloss rose pâle. J'ai perçu leur odeur de framboise en me rapprochant d'elle.

— Un peu, a-t-elle soufflé.

Elle était venue avec Ethan, et je ne faisais rien pour lui faciliter les choses.

— Je suis désolé. J'arrête, ai-je murmuré afin qu'elle seule m'entende.

De l'autre côté de la table, Ashton s'était mise à parler dans l'espoir de faire diversion.

— Merci, a-t-elle répondu avant de reporter son attention sur son menu.

J'ai éloigné ma chaise et me suis forcé à prendre part à la conversation. Pendant tout le repas, j'ai fait de mon mieux pour ne pas plonger mon regard dans le sien et j'ai même réussi à manger devant Beau qui embrassait Ashton à la moindre occasion.

— Ça, c'est le Sawyer que je connais. Je me demandais ce que tu en avais fait, a déclaré Leann tandis que nous marchions tranquillement vers la salle de concerts.

Ash et Beau menaient la marche. Ethan et Lana étaient derrière nous. Je n'osais pas me retourner pour voir s'ils nous suivaient toujours.

— Qu'est-ce que tu veux dire ? ai-je demandé, plus pour m'occuper l'esprit que par réel intérêt.

— Je n'avais jamais vu le Sawyer sexy et renfrogné de cet après-midi. Et je ne t'avais jamais vu non plus traiter une fille comme si tu voulais la dévorer toute crue. C'était… intéressant.

— Tu penses que c'est Lana qui me fait agir comme ça ?

Elle a ri.

— Je *sais* que c'est Lana qui te fait agir comme ça. Tu la veux. La petite Lana bien comme il faut est devenue canon, et tu l'as dans la peau. Tu ne t'es jamais comporté comme ça avec Ash. Je ne t'ai jamais vu la regarder avec désir. C'était ton trophée, ton faire-valoir, tu étais fier d'elle, mais elle ne t'a jamais fait vibrer de cette façon.

— Tu ne sais pas de quoi tu parles, ai-je répliqué, les dents serrées. J'aimais Ashton comme un dingue. Elle était tout pour moi. Je ne l'ai jamais considérée comme un trophée ou un faire-valoir. Je la respectais, c'est tout. C'était ma raison de vivre. Je ne tomberai pas amoureux de Lana. C'est une distraction. Un moyen de me changer les idées. Évidemment que je la traite différemment ; elle *est* différente ; mais c'est juste pour m'amuser.

Leann a regardé autour d'elle d'un air anxieux. J'ai réalisé que j'avais cessé de marcher et avais haussé le ton. Devant nous, Ash et Beau me dévisageaient. Beau avait l'air tout sauf ravi, et Ashton semblait sur le point de pleurer.

Et derrière moi… Lana était au bord des larmes.

— Lana…

J'ai fait un pas vers elle, mais elle a secoué la tête et pris la fuite. J'allais lui courir après, mais Ethan s'est interposé. Il était furieux.

— Non. Je ne te laisserai pas lui faire ça. J'étais prêt à m'effacer pour te laisser ta chance parce que je te croyais sincère, mais je me suis trompé. Tu n'aurais jamais pu dire ça sinon.

— Pousse-toi, Ethan.

J'allais le contourner quand une main s'est écrasée sur mon épaule.

— Laisse-la. T'en as assez fait.

Beau n'allait pas me lâcher. J'allais d'abord devoir me débarrasser de lui et ça allait mal finir.

J'ai laissé tomber et je me suis dirigé vers la voiture. Je trouverais un moyen de lui parler pendant le concert, quand les autres seraient occupés. Je devais à tout prix réparer mon erreur. La peine que j'avais lue dans son regard m'avait bouleversé plus que je ne l'aurais imaginé.

Lana

— Lana, attends !

Ethan m'avait suivie. Je ne voulais pas qu'il me voie pleurer à cause de Sawyer, mais je ne pouvais pas non plus passer la soirée à le fuir. Je me suis arrêtée et effondrée contre un mur. Il s'est assis à côté de moi.

— Lana, je suis désolé.

Je me suis sentie encore plus mal devant son air inquiet.

— Pourquoi ? Ce n'est pas ta faute. C'est moi qui devrais m'excuser. Je suis en train de gâcher ta soirée.

Il a posé sa main sur ma joue et a essuyé mes larmes.

— Tu ne gâches rien du tout. Je suis content que tu sois là.

J'ai laissé échapper un rire sans joie.

— C'est ça.

— Je le pense vraiment. (Il a soupiré et pris ma main entre les siennes.) Je sais que Sawyer te plaît. Je l'ai vu sur le bateau. Mais, à part Ash, toutes les filles du coin en pincent pour lui, alors je n'en ai pas fait un drame. Je voulais quand même tenter ma chance. Sauf que je ne m'attendais pas à le voir ce soir.

J'avais été bête de penser qu'il était venu pour moi. Comment pouvait-on se tromper à ce point ?

— Je suis trop stupide, ai-je murmuré entre deux sanglots.

— Non. Tu es intelligente, belle et drôle.

J'ai souri et ai séché le reste de mes larmes.

— Merci.

— Ça va aller ?

— Oui, j'ai juste besoin d'être un peu seule. Si ça ne t'ennuie pas.

Il a acquiescé :

— Bien sûr. On se retrouve dans la salle.

— D'accord.

Je devais aller aux toilettes. Mon maquillage était fichu et les taches de rousseur que je m'étais efforcée de camoufler étaient réapparues. J'avais du maquillage dans mon sac, mais il était resté dans la voiture. Sawyer l'avait sûrement verrouillée mais, les gens d'ici n'étant pas aussi méfiants qu'en ville, il y avait une petite chance pour qu'il ne l'ait pas fait. Je me suis levée et me suis dirigée vers le parking. Si je ne pouvais pas récupérer mon sac, au moins je prendrais l'air, le temps de recouvrer mes esprits.

J'ai cherché la rangée D et ai repéré le break que Sawyer avait emprunté à sa mère. Le parking était bondé. J'ai dû slalomer entre les voitures pour y parvenir. Ce n'est qu'au dernier moment que j'ai vu que la portière était ouverte et je me suis retrouvée nez à nez avec Sawyer.

— Lana ! s'est-il exclamé.

J'ai fait demi-tour et ai recommencé à pleurer. Il était tellement parfait que c'en était douloureux.

— Lana, s'il te plaît, ne pars pas. Il faut que je te parle.

— Tu en as assez dit.

— Lana…

Il m'a attrapée par le poignet et plaquée contre la voiture.

— J'ai besoin de te parler, a-t-il supplié en prenant mon visage entre ses mains. Je suis un abruti. Je me suis mal exprimé tout à l'heure. Ça n'avait rien à voir avec toi, ni avec ce que je ressens pour toi.

— Tu es sûr ? Parce que ça y ressemblait.

— Leann m'accusait de ne jamais avoir aimé Ashton. Elle a dit que je la considérais comme un trophée. Ça m'a fait enrager. (Il a fermé les yeux et a poussé un long soupir.) Avec toi, c'est différent. Je ne sais pas ce que c'est, mais, quand je suis avec toi, je ressens des choses que je n'ai jamais ressenties avant. Je te désire. Vraiment. Ça me surprend et m'effraie en même temps. Mais peut-être que je ne suis pas assez bien pour toi. Peut-être que je ne devrais pas ressentir ce que je ressens. Parce que j'aimais vraiment Ashton. Elle était tout pour moi. Pourtant, je n'ai jamais éprouvé le désir irrépressible de la prendre dans mes bras.

Je n'arrivais plus à respirer. J'ai levé les yeux vers lui. Il semblait déchiré entre la peur et le désir. Le gentil garçon dont j'étais tombée amoureuse était toujours là, mais celui qu'il était en train de devenir avait pris le dessus.

— Je ne suis pas assez bien pour toi. J'ignore pourquoi tu me rends aussi dingue. J'étais en colère contre moi-même quand j'ai dit toutes ces choses. Parce que je ne sais pas ce qu'il m'arrive depuis que tu es là. Je ressens des choses pour toi que je n'arrive pas à comprendre.

Je me suis mise sur la pointe des pieds et j'ai déposé un baiser sur ses lèvres.

— Merci de m'avoir expliqué, ai-je dit tandis qu'il me regardait avec l'air de se demander pourquoi je l'avais embrassé. Je sais que tu aimais, que tu aimes, Ashton. Je t'ai vu tomber amoureux d'elle au fil des ans. Mais… je ne sais pas si je pourrais sortir avec toi en sachant que tu tiens toujours à elle.

— Je comprends, a-t-il répondu avant de prendre ma main. Je ne suis pas encore prêt pour une relation sérieuse, mais j'aimerais profiter de cet été. Avant que tu n'arrives, je ne savais même pas si j'allais rester ici pour les vacances. Maintenant que tu es là, je n'ai plus envie de partir. J'aimerais passer du temps avec toi.

Ce n'était pas tout à fait ce pour quoi j'étais venue, mais c'était mieux que rien. Et peut-être que ça aiderait Sawyer à tourner la page.

— Moi aussi.

Sawyer

Ashton a fait les yeux ronds quand elle m'a vu arriver avec Lana. Elle se tenait tout contre Beau, qui la tenait fermement dans ses bras. J'ai détourné les yeux. Il fallait que j'arrête de scruter ses moindres faits et gestes. Beau a tourné la tête pour voir ce qui avait attiré son regard. Il a levé un sourcil, secoué la tête et a reporté son attention sur la scène où Little Big Town interprétait *Boondocks*.

— Je dois retrouver Ethan, a déclaré Lana.

— Je sais.

Mais cela ne voulait pas dire que ça me plaisait. Elle a serré ma main avant de rejoindre Ethan, qui venait de remarquer notre présence. Il nous a regardés tour à tour, l'air d'abord inquiet, puis contrarié quand il a compris qu'elle était revenue avec moi. Je ne pouvais pas lui en vouloir. Je n'appréciais pas plus que lui de l'avoir fait pleurer.

Je ne l'ai pas suivie. Elle était avec Ethan. Il valait mieux qu'il en profite car cela ne se reproduirait pas. Mais nous étions amis et j'avais besoin de prendre mes distances après notre discussion sur le parking, alors j'ai décidé de passer le reste de la soirée à parler avec Leann et à profiter du concert.

Leann a ouvert la bouche à la seconde où je me suis approché d'elle, mais je l'ai coupée avant qu'elle ne me bombarde de questions.

— Je n'ai pas envie d'en parler.

11

Lana

Je tournais en rond à la recherche de la musique que j'entendais au loin. Au moment où j'allais tomber d'une immense falaise et rencontrer une mort certaine, mes yeux se sont ouverts. J'ai regardé le plafond. La musique était plus forte à présent. Colbie Caillat m'informait que j'avais un appel. J'ai poussé un grognement et attrapé mon téléphone.

Pourquoi ma mère m'appelait-elle à sept heures du matin ?

— Maman ?

— Coucou, ma puce. Désolée de te réveiller, je voulais t'appeler avant que ton imbécile de père ne le fasse. Il fallait que je te l'annonce en premier. Cet homme n'a aucun égard pour les autres. Il se fiche de blesser son entourage tant qu'il peut faire ce qu'il veut. Quel égoïste ! Il t'a déjà appelée ? S'il l'a fait, je vais sauter dans le premier avion pour New York pour aller lui botter les…

— Maman, tu peux me dire ce qu'il se passe, s'il te plaît ?

Je m'étais redressée pendant que ma mère cassait du sucre sur le dos de mon père. C'était devenu son passe-temps préféré.

— Désolée. Je me suis laissé emporter. (Elle a poussé un soupir.) Ton père va se marier, Lana.

Je m'y étais préparée. Je ne m'attendais pas à ce que cela arrive aussi vite, mais je savais qu'il était parti pour une femme, qu'il avait rencontrée lors d'un voyage d'affaires. J'espérais pouvoir lui rendre visite pendant mes vacances, s'il avait un peu de temps à m'accorder. C'était mon père, après tout. Jusqu'à l'année dernière, il vivait encore avec nous. Je l'avais longtemps détesté, mais, quoi qu'il ait fait, c'était toujours mon père.

— D'accord..., ai-je commencé en réfléchissant aux mots que j'allais employer pour ne pas l'énerver davantage.

Elle allait péter les plombs si je le défendais. Je ne tenais pas à ce qu'elle me rappelle qu'il m'avait laissée, moi aussi, comme chaque fois que j'essayais de prendre sa défense. Parce qu'elle avait raison. Il m'avait laissée, même s'il m'aimait. Je savais qu'il m'aimait. Le jour où ils avaient signé les papiers du divorce, il m'avait avoué avoir attendu que je sois assez grande pour partir. Il avait prévu de le faire après mon entrée à la fac, mais les choses s'étaient un peu précipitées. Il m'avait dit que rien de tout cela n'était ma faute. J'avais besoin de croire qu'il m'aimait et qu'il était fier de moi. C'était ce à quoi je me raccrochais, la nuit, quand j'entendais ma mère pleurer, crier et casser des objets dans sa chambre.

— Il fallait s'en douter. Quand prévoit-il de se marier ?

— Je ne me doutais certainement pas que ton père, âgé de quarante-sept ans, je te le rappelle, nous quitterait pour épouser une traînée de vingt-trois ans ! Qu'est-ce que les gens vont penser ? Ils vont s'en donner à cœur joie quand ils apprendront la nouvelle ! Tu ne pourras plus marcher dans la rue sans entendre chuchoter derrière ton dos. Cela va nous détruire, Lana. Nous *détruire* !

Vingt-trois ans ? J'ai frissonné. Mon père allait épouser une fille plus âgée que moi d'à peine cinq ans ? Ma mère continuait de vider son sac tandis que je fixais le mur. Le message « *Home is where the heart is* » qui le décorait semblait me narguer. La maison ? Où était ma maison, à moi ? Était-ce celle de ma mère, où la paix n'avait jamais régné ? Ou l'appartement de mon père, où il vivait avec sa future femme à peine sortie de la fac ? Mes yeux se sont emplis de larmes tandis qu'une odeur de café se répandait au premier étage. J'entendais mon oncle et ma tante discuter joyeusement dans la cuisine et sentais l'odeur du bacon frit. Ça, c'était une vraie maison. Une maison comme je n'en avais jamais eu.

— Lana, tu m'entends ?

J'ai cessé de m'apitoyer sur mon sort et me suis éclairci la gorge.

— Désolée, maman, tu disais quoi ?

— Il veut que tu ailles à New York pour assister au mariage. Tu peux le croire ? Mon bébé à New York ! Je lui ai dit que c'était hors de question. Que tu ne voudrais pas aller à son stupide mariage. Mais il insistait pour être le premier à t'en parler. Alors attends-toi à ce qu'il t'appelle aujourd'hui. L'autre dinde veut que tu sois sa demoiselle d'honneur. Tu ne la connais même pas !

— D'accord, maman. Merci de m'avoir prévenue. Il faut que je te laisse. Je te rappelle plus tard. Ashton m'attend pour faire un footing.

Ma mère a gobé mon mensonge et je me suis écrasée sur mon oreiller après avoir raccroché. Les choses pouvaient-elles encore empirer ? Le téléphone de la maison a sonné, et j'ai entendu ma tante décrocher. Je n'avais pas besoin d'écouter la conversation pour savoir que ma mère l'appelait pour lui répéter tout ce qu'elle venait de me dire. Je savais que ma tante me couvrirait pour l'histoire du footing. Elle comprendrait. Elle connaissait ma mère mieux que quiconque. Je me suis glissée sous la couette et j'ai fermé les yeux. Pour le moment, je pouvais faire comme si cette maison calme et rassurante était la mienne.

Lorsque je suis descendue à la cuisine, plusieurs heures plus tard, l'odeur de bacon y régnait encore. Ashton se tenait devant le plan de travail, en pyjama, les cheveux négligemment attachés, et se servait un café.

— Salut, ai-je dit en prenant une tasse dans le placard à vaisselle.

— Eh, ma partenaire de footing ! s'est-elle gentiment moquée.

— Humm, désolée. J'avais besoin d'une excuse pour me débarrasser de ma mère.

Ashton a ri et m'a tendu la cafetière.

— Pas de souci. Ma mère nous a couvertes si j'en crois la note qu'elle nous a laissée.

Elle a désigné un papier posé sur le comptoir.

Bonjour les filles

J'espère que votre footing matinal vous a fait du bien. J'ai été un peu surprise quand Caroline m'en a parlé, j'aurais juré avoir vu vos portes fermées quand je suis passée devant vos chambres… Mais ne vous inquiétez pas : j'ai gardé cette information pour moi. Ma sœur est persuadée que vous êtes allées courir avant de rentrer à la maison et prendre le petit déjeuner que je vous ai préparé avec amour.

Bises,

Maman

J'ai souri et reposé la lettre.

— Comment se peut-il que ta mère soit aussi cool alors que la mienne est complètement folle ? ai-je demandé en sirotant mon café.

Elle a haussé les épaules.

— Pourquoi ta mère a-t-elle appelé ?

Mes épaules se sont affaissées et j'ai posé ma tasse sur le comptoir. Je ne voulais pas vraiment en parler, mais je savais que vider mon sac m'aiderait à prendre une décision.

— Mon père va se marier.

Les yeux d'Ashton se sont agrandis de surprise. Elle s'est accoudée au comptoir pour m'observer. Elle essayait de jauger ma réaction.

— Tu t'y attendais, n'est-ce pas ?

— Oui, mais pas aussi vite. Et certainement pas avec une fille de vingt-trois ans.

Sa mâchoire s'est écrasée sur le bar.

— Oncle Nolan va épouser une fille de vingt-trois ans ?

Cela semblait encore plus ridicule dit à voix haute. Mon père n'était pas très attirant. Bien sûr, je l'aimais,

mais il était vieux et presque chauve. Sans parler de son ventre bedonnant.

— Dingue, hein ?

— Ouais, vraiment dingue… Ça va, toi ? Il t'a appelée ?

Je n'étais pas sûre d'être allée bien ne serait-ce qu'une fois dans ma vie. Quand mes parents étaient encore ensemble, ils se disputaient sans arrêt. Je me rappelais davantage leurs disputes que les bons moments passés ensemble.

— Ça va. Il doit m'appeler aujourd'hui. Sa future femme veut que je sois sa demoiselle d'honneur. Mais je ne l'ai jamais rencontrée. Je vais lui demander si je ne peux pas simplement être son témoin. Ce sera déjà pas mal.

Ashton a poussé un long soupir et m'a rejointe de l'autre côté du bar pour me prendre dans ses bras.

— Si tu veux parler, crier ou même pleurer, je suis là.

J'ai retenu mes larmes et ravalé le nœud qui s'était formé dans ma gorge. Je n'aimais pas laisser paraître mes sentiments, parce que je ne voulais pas que les gens me croient faible, mais savoir qu'elle était là pour moi comptait beaucoup – plus qu'elle ne pouvait l'imaginer. J'ai posé ma tête sur son épaule et nous sommes restées silencieuses un moment. Il n'y avait pas grand-chose à dire. Sa simple présence rendait les choses plus faciles à supporter.

Sawyer

Beau : *Quand pars-tu t'entraîner en Floride ?*

Moi : *Je commence en juillet, trois jours par semaine.*

Beau : *Ça ne nous laisse pas beaucoup de temps pour aller camper.*

Moi : *On y va quand vous voulez.*
Beau : *Tu as parlé à Lana ?*
Moi : *Pas aujourd'hui. Je viens d'aller courir.*
Beau : *Ash passe la matinée avec elle. Il s'est passé un truc moche avec ses parents.*

J'ai longuement regardé le texto de Beau. L'idée que Lana puisse aller mal me rendait nerveux. Je n'aimais pas beaucoup ça. Je n'avais pas le temps pour autre chose qu'un flirt de vacances.

Moi : *Je vais l'appeler. Merci.*
Beau : *Fais attention à elle.*

Je n'ai pas répondu. Ce que je faisais avec Lana ne le regardait pas. J'ai jeté le téléphone sur le lit et suis allé prendre une douche. J'avais prévu de passer un peu de temps seul avec elle. Cette perspective m'avait aidé à courir dix kilomètres.

— Où vas-tu, mon grand ? a demandé ma mère depuis son bureau tandis que j'allais dans le garage.

J'avais espéré échapper à ses questions. Elle avait mal vécu ma séparation avec Ashton, et encore plus mal le fait que Beau m'ait remplacé. Nous consultions régulièrement un conseiller familial pour tenter de sauver ce qui restait de notre famille après la trahison de mon père. Je voulais qu'il se rapproche de Beau, mais il s'y refusait, et Beau ne ferait jamais le premier pas, ce que je comprenais. Il avait des raisons d'en vouloir à mon père.

— Je vais chercher Lana – tu sais, la cousine d'Ashton

qui vit en Géorgie ? On va faire du shopping à Mobile[1] pour notre virée camping.

Maman a froncé les sourcils.

— C'est la fille de la sœur de Sarah ? Celle qui est un peu folle ?

Je ne savais pas grand-chose de la mère de Lana à part qu'Ashton ne la portait pas dans son cœur. J'ai haussé les épaules et enfoncé mes mains dans mes poches.

— Lana n'a rien d'une folle. C'est tout ce qui m'importe.

— Humph… ne t'attache pas trop, en tout cas. Tu sais ce qu'on dit, la pomme ne tombe jamais loin de l'arbre.

La voix de tante Honey a résonné dans ma tête. Elle avait dit la même chose à propos de Beau et de mon père.

— Ouais, j'ai déjà entendu ça quand j'ai appris que papa avait menti et trahi tous ceux qu'il était censé aimer.

Ma mère s'est raidie et la peine que j'ai lue dans ses yeux m'a fait culpabiliser. Elle ne méritait pas que je passe mes nerfs sur elle. Elle souffrait de la situation autant que moi.

— Je suis désolé, maman…

— Non, c'est moi. Je n'aurais pas dû me mêler de tes affaires. Tu as raison. Va t'amuser. Profite de tes vacances. La mer est remplie de poissons et tu as besoin de passer à autre chose. Un peu de changement ne te fera pas de mal.

Ma mère adorait Ashton. Elle nous voyait déjà mariés,

1. Mobile est la troisième ville de l'État de l'Alabama.

quand on était ensemble. Dire que « la mer était remplie de poissons » était un grand pas pour elle. Je suis allé déposer un baiser sur son front.

— Je t'aime, ai-je dit avant de quitter la pièce.

— Je t'aime aussi, mon grand.

12

Lana

— Non, papa, ai-je soupiré dans le téléphone. Je n'ai pas dit que je ne voulais pas venir. Mais je ne suis jamais allée à New York et je n'ai jamais rencontré Shandra. Alors je me sentirais plus à l'aise si je pouvais venir avec quelqu'un.

— Tu peux amener qui tu veux, tant que ce n'est pas ta mère, a répondu mon père. Je ne veux pas avoir affaire à elle. En revanche, j'aimerais beaucoup que tu passes un peu de temps avec Shandra. Elle a vraiment envie de te connaître. D'autant que nous avons une grande nouvelle à t'annoncer.

— Une grande nouvelle ?

Mon père s'est éclairci la gorge avant de couvrir le micro du téléphone pour parler à quelqu'un. Quelle autre nouvelle pouvait-il avoir à m'apprendre ? L'annonce de son mariage était amplement suffisante. Ils n'allaient quand même pas emménager à Alpharetta ? Ce serait une catastrophe. Ma mère n'oserait plus sortir de la maison.

— Shandra veut que je te le dise tout de suite. Comme ça, tu seras préparée quand tu viendras.

— D'accord, ai-je fait, l'estomac soudain noué.

— Tu vas être grande sœur !

— Quoi ? Comment ? Shandra a des enfants ?

Cela ne pouvait être que ça. Il pensait vraiment que ça allait me faire plaisir d'avoir un demi-frère ou une demi-sœur que je ne verrais jamais ?

— Non, Shandra n'a pas d'enfant... pour l'instant.

— Attends une minute... Elle est enceinte ?

Papa a gloussé à l'autre bout du fil.

— Oui, Shandra est enceinte. Nous avions prévu de nous marier à Noël, elle adore cette période. Mais bon, le bébé sera déjà là à Noël, alors nous avons décidé d'avancer la date à cet été.

J'étais sans voix. Je me suis assise sur les marches du perron et j'ai appuyé mon front sur mes genoux. Mon père continuait à parler mariage et bébé. Ils allaient quitter Manhattan pour prendre une maison dans le New Jersey. Je n'aurais pas de chambre à moi, mais selon lui je pourrais partager celle du bébé quand je viendrais.

— Lana ?

J'ai relevé la tête. Sawyer se tenait devant moi et m'observait d'un air inquiet. Je me suis demandé ce qu'il avait entendu de notre conversation.

— Papa, il faut que je te laisse. Mon ami vient d'arriver.

— Tu viens, alors, ou...

— Je ne sais pas encore, papa. Il faut que j'y aille. Je t'appellerai quand je saurai.

J'ai raccroché avant qu'il ne puisse répondre. Mais je ne pouvais pas me lever. Je devais d'abord me remettre de mes émotions.

— Ça va ? s'est enquis Sawyer en s'asseyant à côté de moi.

J'ai commencé à hocher la tête mais j'ai fini par la secouer. Il m'a prise dans ses bras et mes yeux se sont aussitôt remplis de larmes. J'ai enfoui ma tête dans le creux de son cou pour étouffer mes sanglots. Sawyer est resté silencieux. Il n'a pas essayé de me remonter le moral avec des mots qui ne veulent rien dire. Il s'est contenté de me serrer contre lui et de déposer des baisers sur mes cheveux, ma tempe et mon front tandis que je pleurais sur son épaule. C'était la première fois que je pleurais dans les bras de quelqu'un.

Ma crise de larmes terminée, je me suis redressée et j'ai séché mes joues. Par chance, mon père avait appelé avant que je ne me sois maquillée. Je me serais sentie encore plus mal si j'avais mis du mascara sur le polo blanc de Sawyer.

— Tu veux en parler ?

— Non, ai-je répondu en essuyant son tee-shirt.

— Ne t'inquiète pas, je vais sécher, a-t-il dit avec un sourire.

— Merci.

Sawyer a déposé un tendre baiser sur le coin de mes lèvres. Puis il m'a embrassée.

— Mmm… J'ai pensé à ces lèvres toute la matinée, a-t-il chuchoté.

Je l'ai embrassé à mon tour. J'avais l'impression de ne plus pouvoir me passer de lui. Il s'est écarté bien trop tôt à mon goût et a passé sa main dans mes cheveux.

— Si tu allais finir de te préparer ? J'ai hâte de t'avoir rien qu'à moi.

J'ai bondi sur mes pieds. J'avais retrouvé ma bonne humeur.

— Donne-moi dix minutes.

Sawyer s'est levé. Il allait me suivre dans la maison mais s'est arrêté.

— Hum… Je vais t'attendre dans la voiture.

Ashton n'était pas là. Elle était partie avec Beau, mais je savais que ce n'était pas pour ça qu'il ne voulait pas entrer. Cette maison était emplie de souvenirs qu'il n'était pas encore prêt à affronter.

— D'accord, je me dépêche.

Sawyer

Je me suis garé aux abords de la clairière des Mason en me demandant si c'était une bonne idée de nous rendre à cette fête. J'avais passé la journée avec Lana. Elle s'était acheté un sac de couchage, un sac à dos et tout ce dont elle avait besoin pour aller camper.

— Je n'étais pas revenue ici depuis…

Elle s'est interrompue et s'est mordu la lèvre. La dernière fois qu'elle était venue à une fête à la clairière, lors de son précédent passage, Lana avait été obligée de me mentir pour ne pas trahir Ash et Beau. Je lui en avais voulu, à l'époque, mais je savais à présent qu'elle l'avait fait pour sa cousine. Rien de tout ça n'était sa faute.

J'ai pris sa main dans la mienne.

— Tu n'as pas à culpabiliser pour ce qui s'est passé ce soir-là, d'accord ?

Elle a arrêté de se mordre la lèvre ; j'ai lâché sa main pour l'attirer vers moi.

— C'est mieux comme ça, ai-je murmuré avant de prendre sa lèvre inférieure entre les miennes et de l'aspirer lentement.

Le hoquet de surprise qu'elle a laissé échapper m'a donné envie de la serrer contre moi. J'ai fait glisser mes mains sur la peau incroyablement douce de ses jambes. Lana s'est pressée contre mon torse en poussant un petit gémissement. J'ai caressé du bout des doigts l'intérieur de sa cuisse, remontant toujours plus haut. Sa respiration s'est accélérée et mon cœur a cogné de plus en plus fort dans ma poitrine.

— Arrête, a-t-elle dit, le souffle court.

Elle m'a doucement repoussé avant de s'écarter. J'avais été tout près de faire une chose que je n'avais faite qu'une seule fois dans ma vie.

— Je suis désolé.

Je me suis enfoncé dans mon siège et me suis concentré sur les arbres qui entouraient la clairière. Je n'osais pas la regarder. J'avais peur de lire le remords dans son regard – ou pire, la peur.

— Ne t'excuse pas. C'est juste que… je ne suis pas sûre d'être prête pour ça.

Elle a posé sa main sur la mienne et je me suis immédiatement détendu.

— Moi non plus, ai-je avoué en la regardant enfin en face.

— Toi non plus, quoi ? a-t-elle demandé d'un air surpris.

J'ai entrelacé mes doigts avec les siens.

— Moi non plus, je ne l'ai jamais fait. Enfin à part si tu comptes la fois où Nicole nous a enfermés dans un placard, quand on était en cinquième, et où elle m'a menacé de dire à toute l'école que j'étais un trouillard si je ne touchais pas sa petite culotte.

Lana a éclaté de rire avant de se couvrir la bouche de la main. J'ai éloigné sa main de son visage.

— Ne te cache pas. J'aime t'entendre rire. Et c'est une anecdote particulièrement drôle. Tu as le droit de te moquer.

— Je n'arrive pas à croire que Nicole t'ait menacé, a-t-elle dit d'un ton amusé.

— Vraiment ? Tu as déjà rencontré Nicole ? Elle était prête à tout pour perdre sa virginité avant le lycée. Je pense que Beau s'en est chargé en quatrième.

— Oh, mon Dieu !

Son rire s'est effacé, pour laisser place à une expression grave.

— Quoi ? À quoi tu penses ?

Elle m'a adressé un sourire forcé.

— À rien, désolée. (Elle a jeté un œil au feu de camp qui brillait au loin.) On y va ?

Je réalisais à quel point elle pouvait être secrète. Moins elle m'en disait, plus je voulais en apprendre sur elle. Son téléphone a sonné. Elle l'a regardé et remis dans son sac aussi sec.

— Tu ne réponds pas ? l'ai-je questionnée, toujours curieux de savoir ce qui se passait dans sa tête.

— Non. Je rappellerai plus tard.

Je l'ai regardée sortir de la voiture. Lana McDaniel demeurait un mystère. Je me demandais si j'arriverais un jour à le percer.

Lana était assise entre mes jambes à l'arrière du pick-up de Jake. Voir Ash lovée contre Beau ne me contrariait même pas. Je parlais avec tout le monde, Beau y compris. Nous discutions football, études, et planifions notre virée camping. C'était sympa. Lana était sympa. Non, Lana était plus que sympa. La tenir dans mes bras rendait tout le reste supportable.

— Alerte rouge ! Kyle et Nicole sont là, a annoncé Ethan avant de boire une gorgée de bière.

Nous ne voyions plus beaucoup Nicole depuis que Beau et Ash étaient ensemble. Elle avait tenté de me mettre le grappin dessus à plusieurs reprises. Un soir, j'avais même failli l'emmener à l'arrière de mon 4 × 4, mais je n'avais pas pu m'y résoudre. Je ne voulais pas que ma première fois soit avec Nicole à l'arrière d'une voiture. J'avais attendu tout ce temps, je pouvais bien attendre encore un peu. Ash aurait dû être la première, et l'unique. Mais elle ne le serait jamais. Désormais, je voulais que ma première fois soit avec celle dont je ne pourrais plus me passer.

— Elle vient par ici, a chuchoté Kayla.

Il fallait s'attendre au pire.

— Tu veux qu'on y aille ? a demandé Beau à Ashton.

— Non. Je n'ai pas peur de Nicole. Que veux-tu qu'elle me fasse, humm ?

Beau a ri et s'est penché sur elle pour déposer un baiser sur son front. J'ai eu un pincement au cœur, mais ce n'était rien comparé à ce que je ressentais au début quand je les voyais s'embrasser.

— Tiens donc, regardez-moi ça ! Les Vincent entourés de filles et réunis comme au bon vieux temps ! On dirait que Sawyer est passé à autre chose, Ash, a raillé Nicole en s'approchant d'un pas nonchalant avant de s'arrêter devant Lana. Puisque tu as enfin tourné la page, Sawyer, pourquoi on n'irait pas s'amuser un peu, tous les deux, un de ces quatre ?

J'ai senti Lana se crisper, et j'ai aussitôt éprouvé le besoin de resserrer mon étreinte autour de sa taille.

— Je laisse mon tour, Nicole. J'ai déjà quelqu'un avec qui passer mes vacances.

Nicole a souri d'un air suffisant en dévisageant Lana de la tête aux pieds.

— Tu peux faire mieux que ça.

— Je ne suis pas d'accord.

— Il te faut quelqu'un d'expérimenté après que tu as gâché toutes ces années avec la fille du pasteur.

J'ai entendu Ashton dire à Beau de rester tranquille.

— J'ai un certain niveau d'exigence, tu comprends ?

Lana a laissé échapper un petit rire qui m'a donné envie de sourire comme un idiot. J'adorais la faire rire. Je l'avais sentie se détendre quand je l'avais serrée dans mes bras. Visiblement, elle se jugeait en sécurité avec moi, et ça me plaisait. Beaucoup.

— Autrefois les Vincent étaient ce qu'il y avait de plus intéressant dans ce trou. Quel dommage de ne pas avoir profité d'un tel potentiel ! Vous êtes devenus barbants. Un jour, vous regretterez de ne pas en avoir profité davantage, a craché Nicole en rejetant ses cheveux en arrière, avant de rejoindre Kyle, qui était resté en retrait pendant qu'elle faisait son show. Viens, Kyle, ça craint ici.

— Pourquoi il sort avec *ça* ? a questionné Ashton alors qu'ils s'éloignaient.

— Parce qu'elle couche, a répondu Jake.

13

Lana

— Si tu dors avec Beau, avec qui je vais dormir, moi ? ai-je demandé. Je ne veux pas dormir toute seule dans une tente. Il y a des grizzlis dans la montagne de Cheaha[1]. C'est Google qui me l'a dit.

Ashton m'a adressé un sourire espiègle par-dessus son épaule.

— Dans ce cas, je suis sûre que Sawyer te laissera partager sa tente. Il préférera mille fois dormir avec toi plutôt qu'avec Jake.

Je me suis effondrée sur son lit en poussant un grognement de dépit. Partager une tente avec Sawyer allait être difficile. Il n'avait plus osé poser les mains sur moi depuis que je l'avais repoussé, dans sa voiture.

1. Le mont Cheaha (734 mètres) est le point culminant de l'Alabama. Il est situé dans l'est de l'État, dans le parc national de Talladega.

— Il ne me l'a pas proposé, et je ne lui demanderai pas. Je peux avoir un cadenas pour ma tente ?

Ashton a ri et a jeté un short sur son lit.

— Les grizzlis n'ouvrent pas les tentes, Lana.

— Les grizzlis peut-être pas, mais les psychopathes qui errent dans les forêts à la recherche de jeunes filles à massacrer à la tronçonneuse, oui.

— Il n'y a pas de psychopathes à la tronçonneuse ! Je n'arrive pas à croire que tu ne sois jamais allée camper. C'est sans risque, Lana, je te promets.

— Facile à dire pour toi. Tu seras blottie en sécurité dans les bras de Beau Vincent. Je suis sûre qu'il sortirait vainqueur d'un duel avec un grizzly, ai-je marmonné.

Ashton a sorti un grand sac à dos rouge de son armoire qui ressemblait étrangement au sac bleu que Sawyer m'avait aidée à choisir. J'aurais aimé pouvoir partager son allégresse mais, chaque fois que j'essayais, des images de grizzlis, de serpents et de psychopathes à la tronçonneuse venaient me hanter.

— Arrête de faire cette tête. Ça va aller. Tu ne seras pas seule.

J'ai soulevé le bikini minuscule qu'elle avait jeté sur son lit.

— Humm, j'imagine que ta mère ne sait pas que tu as ce truc ?

Ashton a levé les yeux au ciel et me l'a pris des mains tout en jetant un œil vers la porte pour s'assurer qu'elle était bien fermée.

— Non, elle ne sait pas. Je viens de l'acheter.

— Beau va adorer…, l'ai-je taquinée.

Elle a froncé les sourcils.

— Chut… J'ai dû supplier mes parents pour qu'ils nous laissent partir, alors ne gâche pas tout. S'ils ont accepté, c'est seulement parce que Sawyer sera là et qu'ils croient qu'on va dormir toutes les deux. Je ne leur ai même pas dit que Beau venait.

Mon téléphone m'a alertée de l'arrivée d'un nouveau message.

Sawyer : *Qu'est-ce que tu fais ?*

Moi : *Je regarde Ashton faire son sac.*

Sawyer : *Pourquoi n'es-tu pas en train de faire le tien ?*

Moi : *Parce que je flippe à cause des grizzlis qui vont venir me dévorer dans mon sommeil.*

Sawyer : *Ah ! Ah ! Les grizzlis n'aiment pas les rousses. Tu ne risques rien.*

Moi : *Très drôle. Je sais de source sûre qu'ils ne sont pas aussi sélectifs et qu'ils sont nombreux dans la montagne de Cheaha.*

Sawyer : *Nan, je n'en ai jamais vu.*

Moi : *Pourtant ils y sont. Cherche sur Google.*

Sawyer : *Je veillerai sur toi.*

Moi : *La journée, peut-être, mais la nuit, quand je serai seule sous ma tente, ils viendront me dévorer.*

Sawyer : *Seule sous ta tente ? Hum, je ne crois pas. Tu dors avec moi.*

Ashton m'observait pendant que je répondais aux textos de Sawyer. Elle avait l'air amusé.

— Alors, qu'est-ce qu'il dit ?

— Que je vais dormir avec lui.

Ashton a haussé plusieurs fois les sourcils.

— Tu vois… tu ne risques rien.

Moi : *T'es sûr ?*

Sawyer : *Oh, que oui ! Pourquoi crois-tu que je viens camper avec vous ?*

Moi : *Hum… parce que tu aimes dormir par terre et te faire attaquer par les ours ?*

Sawyer : *Hilarant. Bouge tes fesses et va faire ton sac.*

Moi : *Oui, m'sieur.*

Je me suis levée et j'ai glissé mon téléphone dans ma poche.

— Tu vas faire ton sac ?

— Je n'ai pas tellement le choix. On doit vraiment partir si tôt, demain ?

— J'en ai bien peur. C'est à cinq heures de route et une fois sur place on devra encore marcher jusqu'à l'aire de camping et installer nos tentes avant le coucher du soleil.

Il faisait encore nuit quand Sawyer a garé le monospace de son père dans l'allée. Le véhicule pouvait accueillir huit personnes, ce qui nous permettait de faire la route tous ensemble. J'avais emporté autant de vêtements que mon sac pouvait en contenir. Selon Ashton, il y avait des douches à proximité de l'aire de camping. Tant mieux. Il était hors de question que je me lave dans une eau infestée de serpents.

— Bonjour, princesse, a chantonné Sawyer quand j'ai ouvert la porte.

Nous nous étions levées en retard et n'avions pas eu le temps de faire du café. Mes yeux se sont posés sur le gobelet fumant qu'il me tendait.

— Tu le bois noir, c'est ça ?

Je l'ai attrapé par son tee-shirt et l'ai embrassé avant de prendre le gobelet.

— Tu es mon héros.

— Humm, je devrais t'apporter du café plus souvent, a-t-il dit en passant ses bras autour de ma taille.

— Il faut qu'on charge la voiture. Lâche-la et viens nous filer un coup de main, a ronchonné Jake en prenant mon sac à dos et mon sac de couchage pour les mettre dans le coffre.

Sawyer a ricané et a attrapé le sac supplémentaire qu'Ashton et moi avions pris pour y mettre les deux ou trois petites choses qui ne rentraient pas dans nos sacs. Il a soulevé un sourcil perplexe.

— Il n'y avait plus de place dans nos sacs, ai-je expliqué.

— Tu brises une règle fondamentale du camping. Mais comme tu es irrésistible, dans ce short de randonnée, je te pardonne.

J'ai porté mon gobelet à mes lèvres pour dissimuler mon sourire niais.

Je l'ai suivi mais me suis arrêtée. Je ne savais pas si je devais m'asseoir à l'avant avec Sawyer. J'ai cherché Ashton du regard, mais je ne la voyais nulle part, il faisait trop sombre.

— Alors, c'est toi la nouvelle copine de Sawyer ? a fait une voix que je ne connaissais pas.

Je me suis retournée, pour découvrir une petite blonde aux boucles folles. Ses yeux étaient d'un bleu si lumineux qu'elle devait forcément porter des lentilles. Sa peau hâlée contrastait avec la pâleur de ses cheveux, mais elle était très jolie.

— Euh, oui. Enfin, non. On est juste amis, ai-je dit.

Elle a levé les yeux au ciel.

— Juste amis ? Sawyer n'embrasse pas ses amis. On est amis depuis la maternelle et il ne m'a jamais embrassée.

— Oh ! me suis-je contentée de répondre.

Il était tôt et je n'avais pas fini mon café, mon vocabulaire était encore limité.

— Je m'appelle Heidi. Kayla est une de mes meilleures amies. On était ensemble dans l'équipe de pom-pom girls. Je sors avec Jake de temps en temps, si tu vois ce que je veux dire (elle m'a fait un clin d'œil). Tu montes ? Je pense que Jake et moi allons nous asseoir au fond (elle a marqué une pause tout en regardant autour d'elle), à moins que Beau et Ash ne s'y installent. Je ne suis pas d'humeur à supporter leurs roucoulades pendant tout le trajet.

Je ne savais toujours pas où je devais m'asseoir. Sawyer est arrivé et a ouvert la portière avant, du côté passager.

— Tu montes avec moi. Je vais avoir besoin de ta compagnie si je dois conduire pendant cinq heures.

Ça répondait à ma question.

— Alors, qui s'assoit où ? s'est enquise Heidi.

— Ash et moi, on va au fond, mais quelqu'un devra monter avec nous si on veut tous rentrer, a déclaré Beau en ouvrant la portière pour faire monter Ashton.

— Jake, tu vas au fond avec Beau. Heidi peut s'asseoir au milieu avec Kayla et moi, est intervenu Toby.

— Pourquoi ce serait à moi de me coltiner Beau ? Vas-y, toi, a répliqué Jake.

— Parce que Kayla est ma copine. Heidi est juste un plan, pour toi, a répondu Toby en vérifiant une dernière fois les sangles de la galerie.

— Eh ! Ne parle pas de moi comme ça ! s'est écriée Heidi.

Toby a haussé les épaules.

— Désolé, Heidi, mais c'est vrai. Je parlerai autrement quand vous sortirez vraiment ensemble.

Sawyer a murmuré à mon oreille :

— Ça va durer un moment. Tu peux monter, si tu veux.

Il m'a tendu la main pour m'aider à monter. J'adorais la sensation que ce genre de petites attentions provoquait en moi.

— Je m'arrêterai à un Starbucks pour te prendre un autre café dès qu'on aura quitté Grove, a-t-il promis avant de fermer la portière.

Sawyer

Lana respirait avec délice l'odeur du café qu'elle serrait entre ses mains. J'étais passé par Mobile pour m'arrêter au Starbucks. Elle était plus réveillée que lorsqu'elle était sortie de la maison, encore toute groggy de sommeil. J'avais eu envie de la porter dans mes bras pour la ramener dans son lit, mais ce n'était pas possible. Elle avait posé des limites entre nous, et je m'efforçais de les respecter, même si c'était de plus en plus difficile.

— Pourquoi le café du Starbucks sent toujours meilleur que celui qu'on fait chez soi ? a-t-elle questionné en battant des cils.

Plus je la connaissais, plus je me rendais compte qu'elle n'avait aucune idée de l'effet qu'elle pouvait faire aux mecs.

— C'est une stratégie marketing. Ils sont forts, pour ce genre de trucs, ai-je répondu avant de boire une gorgée dans mon gobelet.

— Humm… Je ne sais pas. J'ai déjà acheté la marque Starbucks pour en faire à la maison, mais il ne sent jamais aussi bon.

— Y a pas assez de place pour Beau et moi, sur cette banquette ! a crié Jake à l'arrière. On est serrés comme des sardines. Heidi doit changer de place avec moi.

— Prends Ash sur tes genoux, Beau, et décale-toi, ai-je suggéré en jetant un œil à Lana, qui me regardait d'un air surpris.

Je lui ai fait un clin d'œil et lui ai pris la main.

— Qu'est-ce qu'il y a ? lui ai-je demandé.

Elle a secoué la tête et m'a souri.

— Aaaaaah, c'est mieux ! a soupiré Jake. File-moi mon oreiller, Heidi. Je vais piquer un somme. Ash sur les genoux de Beau, je sens que ça va partir en live d'une minute à l'autre. Je ne veux pas voir ça.

Mon estomac s'est noué, mais seulement un bref instant. Cela ne m'avait pas gêné de dire à Beau de prendre Ashton sur ses genoux, mais l'idée qu'il la touche me perturbait toujours. Comme le fait que Lana passe ces trois prochaines nuits blottie contre moi. J'ai entrelacé mes doigts avec les siens et me suis concentré sur la route.

Les tentes étaient toutes montées et le feu crépitait lorsque le soleil s'est couché sur le mont Cheaha. Les filles étaient parties prendre leur douche dans les sanitaires installés à proximité. J'aurais préféré qu'on s'éloigne un peu plus de l'aire de camping, mais Ash avait protesté à l'idée de devoir marcher un kilomètre de plus. Beau avait aussitôt laissé tomber ses affaires et commencé à installer le campement sans demander son avis à personne. Ash ne protestait jamais quand elle était avec moi. C'était bizarre de la voir exprimer son opinion. Et c'était encore plus bizarre de voir Beau capituler si facilement. Elle était vraiment différente avec lui. Elle ne faisait pas ses quatre volontés. La petite fille espiègle qui aimait jeter des bombes à eau sur les voitures, décorer les jardins avec du papier toilette et sortir de sa chambre en douce pour aller consoler le fils de la serveuse était revenue. Ashton avait juste eu besoin de Beau pour que cette petite fille soit de retour. Ma gorge s'est serrée. C'était ma faute si elle avait quitté Ash. Je me suis éloigné du feu de camp et me suis enfoncé dans l'obscurité pour aller contempler la nature environnante.

Chaque fois que je pensais aller mieux, un événement se produisait pour me rappeler à quel point il m'était difficile de voir Ashton avec Beau. Heureusement, avec le temps je l'acceptais plus facilement. Ce que j'éprouvais n'avait rien de comparable avec ce que j'avais ressenti au début, mais la douleur n'avait pas encore complètement disparu. Je craignais qu'elle ne disparaisse jamais. Ashton serait toujours ma plus grosse erreur. Pas parce que je l'avais aimée, mais parce que je l'avais perdue.

— Ça va ?

La voix de Beau a brisé la quiétude des lieux. J'ai fait un signe de tête sans me retourner.

— Qu'est-ce que tu fais là ? a repris Beau. Besoin de fuir le sale caractère de Jake ?

— J'admire juste le paysage.

Il s'est arrêté à ma hauteur pour contempler les alentours.

— Tu as l'air heureux avec Lana. Ash dit qu'elle t'aime beaucoup.

Malgré son ton amical, l'avertissement était clair : si je faisais souffrir Lana, je ferais souffrir Ashton, et il me le ferait payer.

— Lana est géniale. Elle sait ce que j'attends de notre relation. Je partirai bientôt en Floride et elle ira… là où elle a prévu d'aller.

— Tu ne sais pas où elle va faire ses études ?

— Non. On n'a jamais eu l'occasion d'en parler.

Il a secoué la tête.

— Il n'y a pas si longtemps, tu étais le meilleur de nous deux. Tu te souciais des gens et de leurs sentiments. C'était même ridicule, à quel point tu étais poli et prévenant. Tu as changé, vieux. Je n'aurais jamais pensé dire ça un jour, mais ce mec me manque. C'était quelqu'un que j'admirais. Je n'avais pas de quoi être fier de mes choix, mais j'étais toujours fier des tiens.

La colère qui était montée en moi s'est volatilisée. Beau a rejoint les autres, me laissant seul avec ce qu'il venait de me révéler. Mes yeux me brûlaient à l'idée qu'il puisse avoir été fier de moi. Ce n'était pas le genre de chose que je m'attendais à entendre de la part de mon dur à cuire de frère.

14

Lana

Je me suis assise sur mon sac de couchage pour lire les messages qui étaient apparus comme par magie quand j'étais allée me doucher. Il n'y avait pas de réseau en pleine nature, excepté là où nous prenions notre douche. Sawyer, Beau et Toby avaient allumé un feu, autour duquel nous avions fait griller des guimauves. Sawyer avait aussi emporté d'autres denrées dans une glacière, que nous avions dû consommer rapidement avant que la glace ne fonde. Je ne voulais même pas penser à ce que nous allions manger le lendemain.

Papa : *Il faut que tu m'appelles.*

Papa : *S'il te plaît, ma puce, appelle-moi. Je n'arrive pas à te joindre.*

Papa : *J'ai appelé chez ta cousine. Sarah m'a dit que tu étais partie faire du camping. Sois prudente et appelle-moi dès que possible.*

Je n'étais pas prête à lui parler. Je n'aurais pas d'autre choix que de l'appeler à mon retour à Grove mais, pour l'instant, j'avais encore besoin de temps.

Maman : *Tu n'es pas obligée d'aller à New York.*

Maman : *Pourquoi ne m'as-tu pas dit que sa jeunette était enceinte ?*

Maman : *Je ne VEUX PAS que tu y ailles. Ton père est en train de gâcher ta vie. Ignore-le. Il peut aller rôtir en enfer, en ce qui me concerne.*

Maman : *Ne l'appelle surtout pas ! Sarah m'a dit qu'il avait téléphoné pour savoir où tu étais. Et tu ne m'as pas dit que tu sortais avec SAWYER VINCENT ! Je suis si contente pour toi.*

J'avais enfin quelque chose qui avait appartenu à Ashton ! Ma mère l'adorait et, depuis ma naissance, elle ne cessait de me répéter à quel point Ashton était parfaite et que je devrais essayer de lui ressembler davantage. Pas étonnant que j'aie été si méchante avec elle, étant petite. J'ai secoué la tête et supprimé le reste de ses messages sans même les lire.

Jewel : *Qu'as-tu décidé pour l'université ? Tu as demandé à ton père de t'aider ?*

Jewel : *Ignore-moi si tu veux, mais, quand tu seras coincée à Alpharetta pendant que tout le monde sera ailleurs en train de profiter des joies de la fac, tu ne viendras pas te plaindre !*

Elle avait raison. Je devais parler à mon père. J'avais reçu une bourse, mais elle n'était pas suffisante pour financer mes études, car les revenus de mon père étaient trop élevés. J'allais devoir lui demander de m'aider.

La tente s'est ouverte et Sawyer est entré, le sourire aux lèvres.

— C'est moi que tu attendais ?

Mon cœur a raté un battement, et mes inquiétudes se sont envolées.

— Oui.

— J'ai dû me débarrasser des ours qui encerclaient la tente, pour venir jusqu'ici, m'a-t-il taquinée.

Je m'apprêtais à répondre, quand il a enlevé son tee-shirt. Son torse musclé s'est retrouvé à quelques centimètres de mon visage. J'ai avalé ma salive de travers et ai dû me concentrer sur ma respiration. Ses abdominaux étaient si parfaits qu'ils ne semblaient pas réels. Je l'avais déjà vu torse nu, mais jamais d'aussi près. J'étais fascinée par la fine bande de poils qui partait de son nombril et descendait sous son short. Il faisait soudain très chaud, sous cette tente.

— Lana…

La voix de Sawyer m'a tirée de mes pensées. J'ai détaché mon regard de son torse pour le plonger dans le sien. Je devais dire quelque chose mais, avant que je n'ouvre la bouche, Sawyer s'est allongé sur moi et a pressé ses lèvres contre les miennes.

Je voulais le sentir sous mes doigts. Ses muscles se sont contractés lorsque mes mains ont glissé sur ses bras, puis sur son dos. Il a poussé un grognement sourd quand j'ai planté mes ongles dans ses abdominaux magnifiquement dessinés. Ses lèvres ont quitté les miennes pour tracer une ligne de baisers allant de mon menton à ma clavicule. Respirer devenait de plus en plus difficile à mesure qu'il s'approchait de ma poitrine. Il a effleuré les contours de mon débardeur, les yeux fixés sur moi. Je savais qu'il attendait mon accord pour aller plus loin, et je savais que le lui donner n'était pas une bonne idée, mais je ne pouvais pas résister au désir ardent qui brûlait dans son regard. Incapable de dire quoi que ce soit, je me suis contentée de presser mon corps contre le sien. Ses yeux se sont agrandis de surprise. Il n'a pas cessé de me regarder tandis que ses lèvres et sa langue effleuraient ma poitrine jusqu'au creux de mes seins. Il a passé sa main sous mon débardeur et a caressé ma peau jusqu'à mon soutien-gorge, laissant comme une trace brûlante là où ses doigts m'avaient touchée. Un gémissement a franchi mes lèvres. C'était tout ce dont Sawyer avait besoin pour continuer. J'ai fermé les yeux et ai retenu mon souffle lorsque ses doigts ont lentement glissé sur la dentelle de mon soutien-gorge et dégrafé l'attache qui se trouvait sur le devant. Jamais personne ne m'avait touchée ainsi.

Mon corps tout entier s'est électrisé quand sa paume tiède s'est refermée sur mon sein. Je me suis laissé envahir par une vague de plaisir qui s'est manifestée jusqu'à mon ventre. J'étais dans un état second. Il a fait glisser mon débardeur. Si je voulais l'arrêter, c'était le moment ou jamais. Mais je me suis ravisée lorsque j'ai ouvert les yeux et vu l'émerveillement dans son regard. J'ai levé les bras au-dessus de ma tête. Il a enlevé mon débardeur et mon soutien-gorge. J'y étais : c'était la première fois que je me retrouvais torse nu devant un garçon. Et ce n'était pas n'importe quel garçon ; c'était le seul avec lequel j'avais imaginé faire ça un jour. Sauf que la réalité dépassait de loin tous mes fantasmes.

— Lana, a-t-il murmuré.

— Mon Dieu, ai-je gémi d'une voix rauque.

Sawyer m'a embrassée. Ses doux baisers avaient cédé la place à un besoin irrépressible de se fondre en moi. Mon corps se frottait contre le sien comme s'il agissait seul, et là… j'ai perdu le contrôle. C'était comme si quelqu'un avait allumé un feu d'artifice en moi. Je me suis agrippée à lui de toutes mes forces, de peur de basculer dans une transe dont je ne reviendrais pas. Je n'aurais jamais imaginé éprouver un tel plaisir.

Tandis que je redescendais peu à peu sur terre, j'ai réalisé plusieurs choses. Sawyer ne caressait plus ma poitrine. Son visage était enfoui dans le creux de mon cou et il respirait lourdement. J'ai lentement relâché mon étreinte. L'inquiétude et la gêne commençaient à me gagner alors que je reprenais mes esprits et prenais conscience de ce qui venait de se passer.

Il a déposé un baiser brûlant sur mon épaule, qui m'a fait frissonner de la tête aux pieds.

— Ne bouge pas, m'a-t-il intimé d'une voix sourde.

Je me suis sentie plus humiliée que jamais quand il a pris mon débardeur et l'a posé sur moi de manière à couvrir mon ventre et ma poitrine. Puis il s'est assis à mon côté. J'avais fait quelque chose de mal. J'en étais sûre. Mon estomac s'est tordu douloureusement.

— Je suis désolée, ai-je murmuré.

Il a tourné la tête vers moi, mais j'ai baissé les yeux, incapable de le regarder.

— Quoi ? a-t-il dit d'une voix profonde, rocailleuse, que je n'avais jamais entendue jusque-là.

J'ai pris ma tête entre mes mains pour cacher les larmes qui s'étaient formées dans mes yeux.

— Je ne sais pas pourquoi j'ai fait ça. Je suis désolée. Je ne voulais pas…

Sawyer a écarté mes mains de mon visage et m'a forcée à le regarder.

— Tu es désolée ? Lana, comprends-tu ce qui vient de se passer ?

J'ai haussé les épaules, puis ai secoué la tête.

Il a ri doucement et m'a attirée sur ses genoux.

— Je viens de vivre le moment le plus incroyable de ma vie. Tu n'as pas à t'excuser.

Je l'ai observé un moment.

— Mais… je ne comprends pas.

Il a embrassé mon nez et mes paupières.

— Laisse-moi t'expliquer, dans ce cas. Je viens de passer un moment magique avec une fille magnifique, qui m'a accordé sa confiance comme jamais personne ne l'avait fait avant. J'ai eu la chance de la serrer, de la regarder et de la sentir contre moi au moment où elle s'est laissée aller dans mes bras. Je n'avais jamais vécu ça.

— Mais tu avais l'air tendu et en colère, et tu t'es éloigné comme si tu ne voulais plus être près de moi.

Il a ri.

— Lana, je luttais de toutes mes forces pour réfréner l'envie de t'arracher ton short et de faire des choses que ni toi ni moi ne sommes prêts à faire. Pendant un moment, je ne pensais plus qu'au désir que j'éprouvais et j'ai été à deux doigts d'y céder. Ce que tu as pris pour de la colère était ma façon de me calmer.

La bosse que je sentais contre moi me suggérait qu'il n'était pas encore tout à fait calmé.

— Mais tu es toujours...

Je me suis interrompue et un sourire malicieux s'est dessiné sur ses lèvres.

— Hum, oui... Je crois que je vais avoir besoin d'une douche froide.

— Je pourrais... t'aider, ai-je timidement proposé.

— *Quoi ?*

— Je pourrais t'aider. C'est ma faute, après tout...

Je me suis écartée en évitant son regard. J'avais trop peur de voir sa réaction. Puis j'ai pris une grande inspiration et ai posé mes doigts sur le bouton de son short.

Sawyer

J'ai ouvert les yeux, réveillé par les rayons du soleil, qui avaient commencé à réchauffer la tente. Les événements de la veille ont lentement refait surface. J'ai souri devant le corps blotti contre le mien. Lana McDaniel avait bouleversé ma vie.

Je l'ai serrée contre moi et me suis imprégné du délicat parfum de ses cheveux.

— Bonjour, a-t-elle dit d'une voix endormie en se tournant vers moi.

Son sourire timide me laissait penser qu'elle savait qu'elle avait fait de moi un homme heureux.

— Bonjour, ai-je murmuré avant de déposer un baiser sur ses lèvres.

Elle s'est écartée en se couvrant la bouche de la main.

— J'ai l'haleine du réveil, il faut que je me brosse les dents, a-t-elle expliqué, la main toujours sur sa bouche.

— Je suis sûr que non, tu sens toujours bon, ai-je assuré. Je l'ai embrassée dans le cou et l'ai reniflée comme un chien pour la faire rire. J'aimais tellement l'entendre rire.

C'est alors que la voix tonitruante de Jake a résonné dans le campement.

— Debout, là-dedans ! On a une cascade à trouver ! Il va bientôt faire une chaleur à crever et une petite baignade ne nous fera pas de mal.

15

Sawyer

Après deux heures de marche, nous étions enfin arrivés à la cascade. Heureusement, parce que si j'avais entendu Heidi se plaindre encore une fois, j'aurais pété les plombs. J'ai cherché Lana du regard et l'ai trouvée assise près de l'eau avec Ashton. Je les ai observées un instant. Ashton riait à ce que Lana venait de dire. Son rire me faisait toujours sourire. Je l'avais aimée pendant tellement longtemps que, même après ce qui s'était passé, je n'aurais pas hésité à la reprendre si elle me l'avait demandé. Mes yeux ont glissé sur Lana, qui bavardait joyeusement. Sa bonne humeur faisait plaisir à voir. Ce que nous avions vécu la veille au soir dépassait tout ce que j'avais pu vivre avec Ashton. Je ne savais pas quoi en penser. Ashton avait tellement compté pour moi. J'aurais remué ciel et terre pour la rendre heureuse. Avec Lana, c'était différent. J'aimais être avec elle. Sa présence était enivrante. Mais je savais ce qu'on éprouvait quand on aimait quelqu'un. Et ce que je ressentais pour elle n'y ressemblait pas. Mes sentiments pour Lana étaient forts, mais il ne s'agissait que d'une attirance physique.

— Elle est sacrément sexy ! Si tu t'ennuies et si tu veux changer de partenaire de tente, fais-moi signe.

J'ai dévisagé Jake, qui était apparu à mes côtés. Son regard était fixé sur Lana.

— Qu'est-ce que tu viens de dire ?

— Eh, Saw, calme-toi, mec ! Je ne parle pas d'Ashton, tu sais ? a-t-il répondu en levant les mains et en reculant d'un pas.

— Je sais de qui tu parles et je te conseille de ne plus poser les yeux sur elle. Elle n'est pas disponible.

— La vache, Jake, qu'est-ce que t'as foutu ? C'est la première fois que je vois Sawyer prêt à démolir quelqu'un d'autre que moi, a commenté Beau d'un ton amusé.

— La ferme, Beau, ai-je répliqué sans le regarder.

— J'en sais rien. J'ai juste dit un truc sur Lana. La dernière fois qu'il a parlé d'elle, il a dit que c'était juste une distraction. Je ne pensais pas qu'il deviendrait si possessif, s'est justifié Jake en regardant mon frère d'un air désespéré.

Sa volonté d'éviter le conflit m'a énervé encore plus.

— Il a raison, vieux. Ça fait des jours que tu nous dis que tu te sers de Lana pour te changer les idées. Si t'as changé d'avis, dis-le.

Je détestais quand Beau avait raison. D'habitude, c'était lui, l'homme des cavernes, pas moi. Il n'était pas censé avoir raison. J'ai enlevé mon tee-shirt, l'ai jeté par terre et me suis dirigé vers la cascade. J'avais besoin d'être près de Lana. C'était la seule personne qui pouvait calmer la tempête qui faisait rage sous mon crâne.

Lana

J'allais prendre une douche et m'effondrer sous la tente. J'étais épuisée. Cette journée avait été merveilleuse mais, entre la chaleur, la randonnée et les heures que j'avais passées à nager, j'arrivais à peine à tenir sur mes jambes. Une fois aux sanitaires, j'ai branché mon téléphone et me suis douchée. Ash était restée au campement, car elle avait mal à la tête et voulait d'abord se reposer. Heidi et Kayla, quant à elles, avaient fait l'impasse sur la douche, car elles étaient trop fatiguées et jugeaient que l'eau de la cascade avait suffi à les laver.

J'avais dû prendre mon courage à deux mains pour venir jusqu'à cet endroit, seule au milieu des grizzlis, des serpents et des psychopathes à tronçonneuse. J'étais nerveuse à l'idée de retrouver Sawyer. Toute la journée, j'avais espéré vivre une nuit similaire à celle que nous venions de passer. Ashton n'avait pas arrêté de me demander pourquoi je souriais comme une idiote, mais je n'avais pas répondu. De toute façon, j'étais sûre qu'elle savait.

Après ma douche, j'ai débranché mon téléphone et ai parcouru les messages et appels en absence que j'avais reçus. J'ai poussé un long soupir. Mon père m'avait appelé deux fois, ma mère, quinze, et ils m'avaient tous les deux laissé plusieurs messages. Je devais en rappeler au moins un. Ma mère me retiendrait trop longtemps, et j'avais vraiment hâte de retourner au campement.

— Enfin ! Il n'y a pas de réseau, là-haut ? Je n'arrête pas d'appeler.

— Bonjour, papa. Désolée mais, non, on ne capte rien ici.

— Ce n'est pas grave, je suis content que tu m'aies rappelé. J'ai quelque chose à te dire à propos du mariage. Il y a eu un changement de dernière minute.

— D'accord…

— Shandra a une grand-mère qui vit sur la côte, en Caroline du Sud. Elle est très riche et possède une demeure gigantesque classée monument historique. Elle a proposé à Shandra de nous la prêter pour le mariage. Étant donné qu'elle n'aura pas son mariage d'hiver à New York, elle s'est dit qu'un mariage d'été sur la côte serait tout aussi magnifique. Je veux que tout soit parfait pour elle, tu comprends ?

Je n'ai pas répondu.

— Tu es toujours là ?

— Oui, papa. Je t'écoute.

— Oh, d'accord, bien. De ce fait, le mariage va nous coûter plus cher que prévu. La grand-mère de Shandra a insisté pour inviter toute sa famille. Certains d'entre eux vont venir de l'autre bout du pays, être obligés de dormir sur place et… la maison va être pleine.

Comme je ne savais toujours pas où il voulait en venir, j'ai attendu.

— Il n'y aura pas de place pour toi. Je ne peux pas demander à la grand-mère de Shandra de te garder une chambre alors qu'elle s'est déjà montrée si généreuse avec nous. Sans compter que le voyage ne va pas être donné.

Je ne pourrai pas te faire venir et te payer une chambre d'hôtel. Enfin… j'aimerais que tu sois là mais… je n'en ai pas les moyens.

Je me suis appuyée contre le mur et j'ai essuyé les larmes qui avaient commencé à couler sur mes joues. Non. Il n'était pas question que je pleure pour ça.

— OK. D'accord, suis-je parvenue à articuler.

— Tu comprends, n'est-ce pas ?

Il dépensait tout son argent pour épouser une fille avec laquelle il allait fonder une nouvelle famille et n'en avait plus assez pour faire venir sa propre fille afin qu'elle assiste à ce grand événement. Cela me faisait mal, mais je survivrais. En revanche, je savais ce que cela impliquait, et c'était ce qui me contrariait le plus. Une nouvelle femme, une nouvelle maison, un grand mariage, un bébé à venir… mon père n'allait pas pouvoir m'aider pour mes études. Je n'avais même plus le courage de lui en parler. Je ne supporterais pas qu'il me déçoive et me laisse tomber à nouveau.

— Lana ?

— Oui, papa. Je comprends.

— J'en étais sûr. Shandra s'inquiétait, mais je lui ai dit que tu n'avais rien à voir avec ta mère et que tu n'en ferais pas une montagne.

— Il faut que j'y aille. Je dois garder de la batterie.

— Oui, bien sûr. Amuse-toi bien et profite de tes vacances. Je viendrai peut-être te voir cet automne. Quelle université as-tu choisie, finalement ?

J'irai à l'université la plus proche d'Alpharetta. Mon père avait une nouvelle famille.

— Je dois y aller, papa, ai-je répondu avant de raccrocher.

Les larmes ont inondé mes joues, emportant avec elles la

promesse que je m'étais faite de ne plus laisser mes parents me faire souffrir. Combien de coups durs allais-je encore pouvoir encaisser ? Garder tout ça pour moi me rongeait de l'intérieur. J'avais besoin de me confier à quelqu'un. Besoin qu'on m'enlace pendant que je pleurerais. Tout ce que je voulais, c'était que quelqu'un se soucie de moi – pour une fois. J'avais besoin de Sawyer. Je me suis passée de l'eau sur le visage pour effacer la trace de mes larmes. Je ne voulais pas qu'on me pose des questions, au campement. Sawyer était le seul à qui je voulais parler. J'ai pris mon sac, rangé mon téléphone et me suis mise en route. Il m'attendrait. Il serait là pour m'écouter.

Quand je suis arrivée sur le campement, il a foncé sur moi et je me suis aussitôt sentie soulagée. Ça n'a pas duré, cependant, car il arborait un air grave.

— Sawyer…, ai-je commencé, mais il est passé devant moi sans s'arrêter.

— Je n'ai pas le temps, Lana, a-t-il lâché d'un ton sec.

Je me suis figée, interloquée.

La seconde suivante, il revenait avec un gant de toilette mouillé, l'air plus déterminé que jamais. Il a à peine croisé mon regard. J'ai agrippé son bras quand il est repassé devant moi. Il commençait à me faire peur.

— Que se passe-t-il ? ai-je demandé.

— Lâche-moi, Lana. Je ne peux pas te parler maintenant. Ashton a besoin de moi.

Ces paroles m'ont fait l'effet d'un coup de poing dans le ventre. Je l'ai relâché, et il m'a laissée là, sans la moindre explication. Prise de panique à l'idée qu'il soit arrivé quelque chose de grave à Ashton, je me suis précipitée dans sa tente. Sawyer était agenouillé près d'elle et caressait ses cheveux. Elle était malade. Il a essuyé son visage blafard avant de poser le gant de toilette humide sur son front.

— Je suis là, Ash. Ça va aller, a-t-il murmuré, tandis que, sans forces, elle posait sa tête contre la poitrine de Sawyer.

Une bouffée de jalousie m'a envahie. Je ne supportais pas de le voir aussi doux et attentionné avec elle, même malade.

— Ça va, Ash ? ai-je questionné en m'approchant doucement.

Sawyer a levé la tête, mais j'ai évité son regard. Ashton a poussé un long soupir.

— J'ai une migraine. J'ai dû rester trop longtemps au soleil. Beau est parti acheter des antalgiques.

— Je peux faire quelque chose ?

— Je m'occupe d'elle, Lana. Tu peux retourner à la tente.

Son ton autoritaire m'a laissée sans voix. Je ne pouvais pas rester ici et assister à ça. C'était au-dessus de mes forces. Ash était malade, mais elle était entre de bonnes mains. Les Vincent étaient là pour s'occuper d'elle.

— OK, ai-je bredouillé avant de sortir de la tente.

Je ne voulais pas retourner dans la mienne. Le souvenir de ce qui s'y était passé la veille viendrait me hanter. Je devais l'oublier. Ma vie était suffisamment compliquée. Je n'avais pas besoin que Sawyer Vincent me brise le cœur. Mon père s'en sortait très bien tout seul. Les deux hommes que j'avais jamais aimés m'avaient laissée tomber. Avec eux, je ne passerais jamais en premier.

Une larme tiède a coulé sur ma joue. Je suis entrée dans la tente avant que quelqu'un ne me voie pleurer. J'ai tiré mon sac de couchage le plus loin possible de celui de Sawyer et me suis roulée en boule à l'intérieur. J'ai pleuré parce que mon père ne voulait plus de moi. Pleuré parce que mes rêves d'aller dans une grande université s'étaient envolés. Et j'ai pleuré parce que j'avais cru, un bref instant, que Sawyer pouvait tomber amoureux de moi.

J'ai glissé un regard vers Sawyer quand je me suis réveillée, à l'aube. Il dormait dans son sac de couchage. La peine qu'il m'avait faite la veille n'avait pas disparu dans la nuit. J'ai pris mes affaires et suis sortie sans bruit. Je ne voulais pas être là quand il se réveillerait.

— Tu es bien matinale.

Accroupi devant le feu, Jake y ajoutait du bois frais.

J'ai opiné.

— J'ai fait du café. T'en veux ?

— Tu l'as fait avec quoi ? ai-je demandé en m'approchant, attirée par l'odeur.

— J'ai amené ma cafetière et l'ai branchée aux sanitaires, a-t-il expliqué en remplissant une tasse en plastique. Tu vas devoir le boire noir. Je n'ai pas de sucre ni de lait.

— Je le bois toujours noir, ai-je déclaré avant de prendre une gorgée.

Il a haussé un sourcil.

— Vraiment ? C'est sexy !

J'ai levé les yeux au ciel et me suis dirigée vers les douches pour aller me préparer.

— Quoi ? J'ai même pas droit à un merci ?

— Merci, ai-je lancé par-dessus mon épaule.

Il a secoué la tête.

— Ce sera toujours comme ça, tu sais. Il ne pourra jamais vraiment l'oublier. Elle aura toujours une place dans son cœur.

Je me suis arrêtée pour prendre une grande inspiration. Le couteau qu'il venait de me planter dans le cœur m'avait coupé le souffle.

— Je ne dis pas ça par méchanceté. Je suis juste franc. Tu perds ton temps avec lui.

J'ai hoché la tête et ai repris mon chemin. Je devais m'éloigner d'ici. J'avais eu ma dose de révélations blessantes. Je voulais qu'on me laisse tranquille.

16

Sawyer

J'avais merdé sur toute la ligne. Les vieilles habitudes ont la vie dure, et mon besoin d'aider et de protéger Ashton en faisait partie. La veille au soir, quand Beau m'avait demandé de rester avec elle pendant qu'il allait lui chercher des médicaments, il m'avait suffi de voir son visage blafard pour commencer à paniquer. J'avais aussitôt ressenti le besoin de prendre soin d'elle, d'être celui qui soulagerait sa peine. C'était comme si quelque chose s'était déclenché en moi.

Mais tout avait changé quand Beau était revenu et l'avait prise dans ses bras. Je n'avais fait que le remplacer. Elle ne s'était pas accrochée à moi comme elle s'était accrochée à lui. Elle ne le ferait plus jamais. Elle était avec Beau, à présent.

Lorsque j'étais retourné à la tente et que j'avais vu Lana endormie dans son sac de couchage, le plus loin possible du mien, j'avais immédiatement compris. La veille, j'avais caressé et embrassé des parties de son corps que jamais personne n'avait touchées. J'avais eu envie de la serrer dans mes bras, mais je savais que mon étreinte n'aurait pas été la bienvenue. Je l'avais rembarrée quand elle m'avait demandé ce qui se passait avec Ashton. Je me rendais compte, à présent, que je ne voulais pas qu'elle me voie en train de pendre soin d'elle. Ash était la seule à m'inspirer la tendresse et l'attention dont j'avais fait preuve à son égard. Je ne voulais pas que Lana assiste à ça. C'était un moment privilégié avec Ashton, un retour dans le passé, quand j'étais encore celui sur lequel elle comptait pour s'occuper d'elle. La présence de Lana avait troublé ce moment et provoqué en moi des sentiments contradictoires que je ne comprenais pas. J'avais eu l'impression de faire quelque chose de mal.

Elle avait déjà quitté la tente quand j'avais ouvert les yeux et n'avait cessé de m'ignorer depuis. Je ne savais pas quoi lui dire. Comment justifier mon comportement ? Comment arranger les choses ? Elle avait pris la tête du groupe quand nous étions partis en randonnée et je n'avais cherché ni à la rattraper, ni à croiser son regard. J'avais trop peur qu'elle m'envoie promener.

— Je ne vois pas pourquoi je ne pouvais pas rester au campement avec Ashton et Beau, s'est plainte Heidi dans mon dos.

— Ash récupère de sa migraine et Beau prend soin d'elle. Crois-moi, il vaut mieux qu'ils soient seuls, a raillé Jake.

— Elle est malade, Jake. Elle ne risque pas de faire quoi que ce soit avec Beau, a répliqué Heidi.

— Qui a dit qu'elle avait besoin de faire quelque chose ? a-t-il poursuivi sur le même ton.

Je n'étais pas d'humeur à entendre parler de la vie sexuelle de Beau et d'Ash. J'ai accéléré le pas pour rejoindre Lana.

J'avais posé mes mains sur sa peau, la nuit précédente, mais j'avais comme l'impression que cela ne se reproduirait pas de sitôt. Et je n'aimais pas ça du tout. Je n'étais pas prêt à la laisser partir. Août n'était pas encore là, nous avions encore du temps devant nous.

— Tu comptes me reparler un jour ? ai-je demandé.

Elle a eu un instant d'hésitation avant de continuer à avancer.

— Bien sûr. De quoi veux-tu parler ? a-t-elle répondu d'un ton désabusé.

— Lana, ralentis, s'il te plaît, et parle-moi.

Elle n'a pas ralenti.

— Je n'ai rien à te dire, Sawyer. Je préfère marcher.

J'ai attrapé son poignet pour la forcer à me regarder. Elle a tenté de se libérer, mais je n'ai pas cédé.

— Lâche-moi, a-t-elle ordonné en levant enfin ses grands yeux verts vers moi.

La peine que j'y ai lue m'a donné un choc. Mon Dieu, qu'est-ce que j'avais fait ?

— Lana, s'il te plaît, parle-moi, ai-je supplié en me rapprochant d'elle.

— Continuez à avancer, les gars, y a rien à voir ici. Laissons Sawyer tenter de réparer les pots cassés, s'est exclamé Jake tandis que les autres nous dépassaient.

J'ai attendu qu'ils soient suffisamment loin pour la relâcher.

— Eh bien, vas-y ! Parle, a-t-elle dit en croisant les bras sur sa poitrine.

— Hier soir…, ai-je commencé en réfléchissant à ce que j'allais dire pour ne pas aggraver mon cas.

— Je vais t'aider puisque tu sembles avoir perdu la parole. Hier soir, Ashton était malade et tu as eu une excuse toute faite pour la serrer dans tes bras et t'occuper d'elle. Tu es entré en mode « protéger et réconforter Ashton », et plus rien ni personne ne comptaient parce que tu es toujours amoureux d'elle. Elle avait besoin de toi et tu as volé à son secours sans la moindre hésitation. Tu ne m'as même pas laissée l'aider parce que tu la voulais pour toi tout seul.

— Ce n'est pas ça. J'ai toujours été là quand elle avait besoin de moi. C'est dur de perdre ce genre d'habitude.

— Oh ! Et en quoi c'est différent de ce que je viens de dire ? (Elle a fait un pas vers moi et a planté son index sur ma poitrine.) J'en ai plus que marre de toujours passer après les autres. Ça fait trop longtemps que je le supporte. Moi aussi, j'avais besoin de quelqu'un, hier soir. J'avais besoin de parler à quelqu'un. Dommage que personne ne veuille jamais m'écouter. Personne n'en a jamais rien à faire, de Lana.

J'ai senti mon cœur se fissurer devant ses yeux remplis de larmes.

— C'est terminé. On arrête. J'en ai assez, a-t-elle lâché avant de faire demi-tour et de s'éloigner.

Je me suis précipité derrière elle pour la rattraper.

— Que s'est-il passé, hier soir ? Pourquoi avais-tu besoin de moi ?

Ses épaules tremblaient. Je l'ai serrée contre moi.

— Laisse-moi, Sawyer.

— Non. Pas avant que tu m'aies tout expliqué.

Un nouveau sanglot l'a agitée et elle a secoué la tête.

— Tu n'es pas en droit d'exiger des réponses. Je ne me confie pas sur demande. C'était hier soir que j'avais besoin de te parler. (Elle a laissé échapper un rire triste.) Je pensais avoir enfin trouvé quelqu'un à qui me livrer, quelqu'un qui se soucierait de moi. Mais je me suis trompée.

— Non, c'est faux. Je me soucie de toi. Tu peux te confier à moi.

— C'est trop tard, a-t-elle grondé avant de se libérer de mon étreinte.

— J'ai mal réagi, Lana. Je suis désolé. S'il te plaît, pardonne-moi. Je t'en prie. Cela ne se reproduira plus.

— Tu as raison, ça ne se reproduira plus. Parce que je n'attendrai plus jamais des gens qu'ils se soucient de moi. Je ne devrais pas avoir à me donner tant de mal pour que ceux que j'aime m'aiment en retour. Il n'y a qu'à moi que ça arrive. Moi. Lana McDaniel. Si c'est si difficile de m'aimer, alors je n'ai besoin de personne. J'ai réussi à me débrouiller toute seule, jusque-là. Il n'y a pas de raison que ça change !

Si un cœur peut se briser face à la détresse de quelqu'un, alors Lana venait de briser le mien. Ma gorge me brûlait. J'avais voulu savoir ce qui se passait dans sa tête. Elle était si secrète ! Je comprenais pourquoi, à présent. Elle ne s'ouvrait pas aux autres parce qu'elle avait peur de leur faire confiance – jusqu'à la veille. Elle avait décidé de se confier à moi, et qu'est-ce que j'avais fait ? Je lui avais renvoyé sa confiance en plein visage. J'étais le roi des cons.

— Je suis tellement désolé, ai-je murmuré avant de déposer un baiser sur sa tempe. Pardonne-moi, s'il te plaît. Je te promets de toujours te faire passer en premier. Ce qui s'est passé hier n'arrivera plus. Jamais. C'était la première fois depuis ma rupture que je me retrouvais confronté à ce genre de situation. Lorsque Beau est revenu et qu'Ashton a rampé jusqu'à lui pour se blottir dans ses bras, ça ne m'a pas fait aussi mal que ce que je pensais. Ça m'a simplement remis les idées en place. Elle n'avait plus besoin de moi. Ce n'était plus à moi de la protéger. Hier soir, j'ai enfin compris qu'il était temps de passer à autre chose.

J'ai attrapé Lana par les épaules et l'ai tournée face à moi. J'ai failli m'effondrer devant ses yeux rougis par les larmes.

— Tout ça, c'est nouveau pour moi, ai-je repris. Je n'ai jamais eu de relation avec une autre fille qu'Ashton. J'ai fait une terrible erreur. Mais toi…

J'ai pris son visage entre mes mains et ai balayé ses larmes du bout des doigts.

— Toi, tu me touches comme jamais Ashton ne l'a fait. Je ressens des choses quand je suis avec toi que je n'ai jamais ressenties pour elle. Je l'ai aimée pendant des années. Je ne peux pas m'empêcher de vouloir l'aider si elle en a besoin. Mais, la prochaine fois que je devrai faire un choix, tu passeras en premier. Je te le promets.

J'ai vu à la façon dont ses yeux sondaient les miens qu'elle en attendait plus. Mais je ne savais pas quoi dire d'autre.

— Ce n'est pas facile de toujours passer en deuxième, a-t-elle dit finalement. Et avec mon père, c'est encore pire. Je passerai bientôt en troisième. C'est peut-être égoïste, mais j'aimerais juste avoir quelqu'un sur qui m'appuyer en cas de besoin. Hier soir, je voulais que ce soit toi. (Elle a marqué une pause pour ravaler un sanglot.) On m'a si souvent rejetée... Je devrais y être habituée, à force, mais ce n'est pas le cas. On ne s'habitue jamais à ce genre de chose. On devient simplement plus fermé. On fait confiance aux gens moins facilement. Je te faisais confiance. Ça va être dur pour moi de te l'accorder à nouveau. Je ne dis pas qu'on ne peut plus se voir. Mais j'ai besoin de prendre du recul.

Elle me pardonnait. J'allais regagner sa confiance et, cette fois, je ne la décevrais pas. Je serais là quand elle aurait besoin de moi.

— Je comprends, ai-je répondu. (J'ai effleuré sa joue et relevé son menton.) Je peux t'embrasser, maintenant ?

— D'accord, a-t-elle acquiescé tandis que mes lèvres se posaient sur les siennes.

Lana

À notre retour, Beau avait levé le camp et chargé la voiture. Ashton avait besoin de dormir dans un vrai lit et il avait décidé que nous irions à l'hôtel avant de rentrer à Grove. Personne n'a protesté. Nous n'avions rien contre l'idée de passer la nuit dans un endroit confortable. Je me sentais presque soulagée.

J'ai proposé à Jake de s'asseoir à l'avant et suis montée au fond avec Ashton et Beau. Je n'étais pas prête à me retrouver près de Sawyer. Je lui avais pardonné, mais j'avais encore de la peine. Ashton avait compris ; elle m'avait fait une place à côté d'elle et tenu la main pendant tout le trajet.

Nous étions descendus dans l'hôtel abordable le plus proche et les garçons étaient allés nous prendre des chambres. J'ignorais si j'allais devoir en partager une avec Sawyer ou si j'aurais une chambre pour moi seule. J'avais assez d'argent pour me la payer. Je n'avais plus besoin d'économiser pour mes études. Merci, papa.

Nous attendions leur retour dans le hall. Je me sentais poisseuse après les journées passées dehors, et j'avais besoin d'une vraie douche. Sawyer est apparu, les épaules chargées de son sac à dos et du mien.

— Tu as besoin de récupérer quelque chose dans le sac qu'Ashton et toi avez pris en plus ?

— Euh... non. Ça devrait aller. On va dormir dans la même chambre ?

Il s'est approché, l'air inquiet.

— Je pensais que c'était réglé. J'ai bien vu que tu ne t'étais pas assise à côté de moi dans la voiture, mais j'ai pensé que tu voulais veiller sur Ash.

— Je me demandais, c'est tout. Je peux prendre une chambre individuelle si...

— Je veux que tu restes avec moi, a-t-il déclaré en prenant mes mains dans les siennes.

J'ai acquiescé d'un hochement de tête et il a déposé un baiser sur mon front.

— Je ferai tout ce qu'il faudra pour arranger les choses. Je te le promets. Tu pourras à nouveau me faire confiance, a-t-il murmuré avant de m'entraîner vers l'ascenseur.

Sawyer a inséré une carte magnétique dans le lecteur de la chambre 314. La porte s'est ouverte et il m'a invitée à le précéder. Un lit immense trônait au centre de la pièce.

— Il n'y a qu'un lit, ai-je observé.

— Il n'y avait plus de chambre double. Ça ira ?

— Pas de souci. (J'ai pris mon sac posé à ses pieds.) Je peux prendre une douche en premier ?

— Bien sûr. Prends ton temps. Je vais nous commander à manger.

— D'accord, merci.

Je me suis dirigée vers la salle de bains.

— Lana ?

Sa voix était triste. Je n'aimais pas le savoir triste à cause de moi. Pourtant, j'étais trop épuisée pour tenter d'y remédier.

— Oui ? ai-je fait.

— Je suis désolé.

— Pourquoi ?

— Pour m'être comporté comme un con.

— Je t'ai déjà pardonné, Sawyer.

Il avait l'air abattu.

— Vraiment ?

— Oui. Mais ça ne change rien au fait que j'ai été blessée par ton attitude. Il va me falloir du temps pour oublier.

Je n'ai pas attendu sa réponse. J'ai gagné la salle de bains et ai fermé la porte derrière moi.

17

Lana

Les rayons du soleil perçaient à travers les rideaux. Sawyer s'était blotti contre moi pendant la nuit. J'avais mangé le cheeseburger qu'il m'avait commandé avant d'aller me coucher, le plus loin possible de lui, puis je m'étais endormie sur-le-champ. J'étais toujours de mon côté du lit, mais Sawyer était contre mon dos, accroché à moi comme à une bouée de sauvetage.

J'ai poussé le bras qui m'enlaçait pour aller à la salle de bains.

— Non. S'il te plaît, laisse-moi me serrer encore un peu contre toi, a-t-il marmonné, le visage enfoui dans mes cheveux.

— Tu es réveillé ?

— Mumhmm. Je profite du moment. Reste, s'il te plaît.

J'ai souri pour la première fois depuis la veille.

— Tu peux profiter du moment tout seul, l'ai-je taquiné.

Il s'est figé un instant avant de se rapprocher encore et de poser sa main sur mon ventre nu.

— Non. C'est de toi que je veux profiter, a-t-il chuchoté d'une voix endormie.

Puis il m'a mordillé l'oreille. J'ai ri et me suis tortillée pour lui échapper.

— Tu m'as tellement manqué, a-t-il soufflé, plus sérieusement cette fois.

Inutile de lui faire remarquer que nous venions de passer trois jours ensemble, je savais de quoi il voulait parler. J'avais été comme absente, le jour précédent. Mais là, la douleur qui me comprimait la poitrine avait disparu. Peut-être parce que l'étreinte de Sawyer me donnait l'illusion d'être en sécurité.

— Je peux aller aux toilettes ? S'il te plaît ? ai-je demandé en caressant son bras.

— Tu me promets de revenir ?

J'avais plutôt prévu de sauter sous la douche. Mais, même si cela me coûtait de l'admettre, lui aussi m'avait manqué.

— Oui. Si c'est ce que tu veux.

— C'est ce que je veux, a-t-il murmuré avant de déposer un baiser sur ma tempe.

Sawyer

— Ramène le bain de bouche, ai-je crié quand j'ai entendu la porte de la salle de bains s'ouvrir.

Lana m'a rejoint et m'a tendu la bouteille.

— Tiens.

J'ai pris une gorgée du liquide rose vif, me suis rincé la bouche et l'ai avalé.

— Non ! Tu ne viens pas de boire ça ? !

Je l'ai attirée sur moi avec un grand sourire.

— Je crois bien que si. Je vais sûrement avoir besoin d'un bouche-à-bouche pour éviter un empoisonnement, l'ai-je taquinée avant de prendre sa lèvre entre les miennes.

— Le bouche-à-bouche ne t'évitera pas un empoisonnement. C'est d'un lavage d'estomac dont tu vas avoir besoin.

Elle a embrassé le coin de mes lèvres.

J'ai plongé mes mains dans ses boucles folles et ai pressé ma bouche contre la sienne. Son téléphone a sonné au même moment et elle s'est écartée. Mais j'avais besoin de ce baiser. J'avais besoin de savoir que je ne l'avais pas complètement perdue.

— Ne réponds pas, ai-je supplié en l'embrassant dans le cou.

Elle a ri et j'ai profité de l'occasion pour goûter à nouveau ses lèvres exquises. La seconde d'après, hélas, son téléphone a recommencé à sonner. Lana lui a lancé un regard noir. J'ai réprimé l'envie de le balancer contre le mur pour le faire taire.

— C'est peut-être important, a-t-elle dit.

J'ai desserré mon étreinte pour qu'elle puisse prendre son téléphone, à l'autre bout du lit. Son visage s'est fermé. Je me suis redressé pour voir de qui il s'agissait. Mais peu importait, son appel n'était pas le bienvenu.

« MAMAN » s'est affiché sur l'écran, et Lana s'est glissée hors du lit.

— Je dois répondre. Elle n'arrêtera pas tant que je n'aurai pas décroché.

L'insistance de sa mère semblait la fatiguer plus que l'inquiéter. Elle est allée prendre l'appel dans la salle de bains.

— Bonjour, maman.

J'ai attendu que la porte se referme derrière elle pour jeter mon oreiller à travers la pièce et lâcher un juron.

Elle ne m'aurait pas laissé en plan si j'avais été là pour elle. Elle m'aurait raconté ce qui s'était passé avec ses parents et je n'aurais pas eu besoin de réparer mes erreurs.

— Maman, non ! l'ai-je entendue crier depuis la salle de bains.

Je suis allé écouter à la porte. Ça ne se fait pas, mais c'était pour la bonne cause. Elle semblait vraiment contrariée.

— Ne l'appelle pas. Je ne veux pas que tu lui demandes. Il a tourné la page, maman. Il a une nouvelle famille et nous n'en faisons pas partie. Laisse tomber. Je trouverai une autre solution. Ne t'en mêle pas, s'il te plaît.

Parlait-elle de son père ?

— Maman, je suis une adulte, maintenant. Tu ne peux plus prendre les décisions à ma place, alors laisse tomber, s'il te plaît.

Je me suis éloigné de la porte et me suis dirigé vers la fenêtre pour contempler les montagnes que nous avions quittées la veille. Pourquoi étais-je à ce point curieux de connaitre ses problèmes ? Ce n'était pas comme si nous formions un couple, après tout. Je me suis soudain figé. Je venais de réaliser que je n'avais aucun droit sur Lana. Si Ethan, ou quelqu'un d'autre, l'invitait à sortir, je ne pourrais pas l'en empêcher. Quelqu'un d'autre pourrait caresser sa peau douce… oh, non ! Non, non, non, non. Je devais faire quelque chose. Vite. Ce n'était plus un simple flirt de vacances. Nous allions peut-être devoir nous séparer en août, mais, en attendant, je ne voulais pas la partager. Je ne le supporterais pas. J'étais sûr d'étriper le premier mec qui tenterait de la toucher.

La porte de la salle de bains s'est ouverte et Lana m'a adressé un petit sourire.

— Tout va bien ? ai-je demandé en priant pour qu'elle me dise ce qui se passait.

Elle a haussé les épaules. Merde !

— Lana, écoute, il faut que je te parle de quelque chose…, ai-je commencé en traversant la pièce pour la rejoindre.

Elle a secoué la tête.

— Si c'est une mauvaise nouvelle, je ne suis pas sûre de pouvoir l'entendre. Donne-moi quelques heures, s'il te plaît.

Le trémolo dans sa voix m'a transpercé le cœur et je l'ai serrée contre moi. Elle s'est peu à peu détendue tandis que je caressais son dos et déposais de tendres baisers dans ses cheveux.

— Ce n'est pas une mauvaise nouvelle. C'est juste un sujet… délicat, ai-je expliqué.

Elle a levé la tête pour me regarder.

— Un sujet délicat ?

Elle s'est écartée. Son air perplexe était adorable.

— De quoi parles-tu, Sawyer ?

— Du fait que je veux – non, que j'ai besoin – qu'on soit ensemble jusqu'à notre départ pour la fac.

Un « oh » d'étonnement s'est formé sur ses lèvres, puis elle a lentement acquiescé :

— D'accord. Ça me semble faisable.

J'ai effleuré sa lèvre avec mon pouce. Elle a laissé échapper un rire avant de mordre mon pouce à belles dents, les yeux brillants de malice.

— Oh, tu veux jouer à ça, hein ?

Je l'ai prise dans mes bras et l'ai jetée sur le lit.

Lana

Nous étions de retour à Grove quand je me suis réveillée. Sawyer avait insisté pour que je reprenne ma place à l'avant. Tout le monde était parti après avoir récupéré ses affaires et sa voiture. Ashton, qui se sentait encore faible, était allée se mettre au lit.

Sawyer a pris mes sacs et les a déposés dans l'entrée. Puis il s'est tourné vers moi.

— Tu viens avec moi ? a-t-il dit en prenant ma main.

Il a refermé la porte derrière lui.

— Tu n'es pas fatigué après avoir conduit si longtemps ?

Il a secoué la tête et m'a attirée contre lui. Mon oncle et ma tante n'étaient pas à la maison ; cependant, ils pouvaient débarquer d'une minute à l'autre. J'ignorais ce qu'ils penseraient s'ils nous voyaient.

— D'accord. Je vais voir si Ash va bien et je reviens, OK ?

— Je t'attends ici.

J'ai frappé doucement à la porte d'Ashton avant de l'entrouvrir pour jeter un œil à l'intérieur de sa chambre.

Elle était emmitouflée dans sa couette. J'ai lentement refermé la porte et suis allée rejoindre Sawyer.

— Elle va bien ? a-t-il questionné à mon retour.

— Oui.

— Parfait. Allons-y.

Il a posé sa main dans le creux de mon dos et m'a guidée jusqu'à la voiture. J'ai souri intérieurement en prenant place sur le siège passager.

Si j'étais déjà allée chez Sawyer avec Ashton, je n'étais jamais rentrée dans la maison. Nous étions jeunes et passions notre temps à nager dans le lac qui s'étendait au bout de sa propriété. Je me suis sentie un peu nerveuse lorsque j'ai franchi le seuil, ma main fermement serrée dans la sienne.

— Suis-moi.

Nous avons emprunté l'escalier menant à ce que je supposais être la cave.

— Pourquoi descendons-nous ici ?

— C'est ma cave. Viens ! m'a-t-il encouragée.

Sa cave… humm. J'ai descendu le reste des marches d'un pas mal assuré. Il y avait plusieurs portes autour de nous. Sawyer a ouvert celle qui se trouvait sur notre droite et a allumé la lumière. La pièce était immense. Deux imposants canapés en cuir noir trônaient en son centre face à un écran plat fixé sur le mur. Au fond, un réfrigérateur floqué du logo de l'université d'Alabama, un bar en marbre et un double évier avaient été installés. Des dizaines d'étagères chargées de trophées ornaient les murs de la pièce. Sous la télévision se trouvait un meuble bas où étaient posées une Wii et une Xbox. Des photos soigneusement encadrées – la connaissant, j'en ai déduit que c'était l'œuvre de sa mère – complétaient la décoration.

— Tu veux boire quelque chose ? a-t-il demandé en ouvrant le frigo. On dirait que Loretta est passée par là. Il est plein. Coca, Sprite, Gatorade Blue ou eau ?

— Loretta ? ai-je répété, désorientée.

— La femme de ménage. Elle fait aussi les courses.

— Oh !

Les gens avaient vraiment des femmes de ménage qui faisaient aussi leurs courses ? Bizarre…

— De l'eau, ça ira.

Je me suis approchée des étagères pour lire les plaques sur les trophées. « Meilleur joueur » semblait être la récompense le plus souvent reçue.

— Tiens (il m'a tendu une bouteille et s'est mis, lui aussi, à observer les étagères). C'est ma mère qui a fait tout ça. Elle voulait qu'ils soient exposés quelque part. Au début, elle voulait transformer une des chambres d'amis en genre de « musée Sawyer », mais mon père l'en a dissuadée et a suggéré qu'on les mette ici. Ça m'arrange. Je préfère qu'ils soient à l'abri des regards.

— Il y en a beaucoup.

— Oui. (Il a désigné les canapés d'un signe de tête.) On peut regarder un film, si tu veux.

Nous sommes allés nous asseoir et je l'ai laissé m'installer sur ses genoux.

— J'ai pensé à cette bouche toute la journée, a-t-il confié avant de presser ses lèvres contres les miennes.

J'ai aspiré sa lèvre inférieure et goûté sa langue lorsque sa bouche s'est entrouverte. La sensation de nos langues se mêlant était étourdissante.

Ma respiration s'est accélérée quand ses mains ont glissé sous ma jupe. Je savais ce qu'il ferait ensuite. Ce que j'ignorais, c'était si j'allais le laisser aller aussi loin.

Mon corps tout entier s'est mis à trembler et une longue plainte a franchi mes lèvres. Il a délicatement embrassé mon cou, puis mon épaule. Je sentais son souffle chaud sur ma peau. Je l'ai entendu murmurer quelque chose, mais je n'étais pas en état de comprendre quoi que ce soit. Mon cerveau était embrouillé, mon cœur battait à tout rompre.

— Oh ! ai-je gémi, le souffle court.

Lorsque j'ai enfin pu reprendre mon souffle, il m'a bercée dans ses bras en m'embrassant tendrement.

Sawyer a couru vers nous à la seconde où Ashton s'est garée près du lac. De fines gouttes d'eau jaillissaient de ses boucles sombres comme un feu d'artifice. Le bermuda bleu qu'il portait épousait la forme de ses hanches et faisait ressortir ses abdominaux.

— Je parie que ce n'est pas vers moi qu'il court comme ça, m'a taquinée Ashton alors que je le regardais, bouche bée.

J'ai repris mes esprits et suis sortie de la voiture. Sawyer est apparu à mes côtés.

— J'ai cru que vous n'arriveriez jamais, a-t-il dit en me prenant dans ses bras.

Mes vêtements allaient être trempés, mais je m'en fichais.

— Désolée, on s'est levées tard, ai-je expliqué.

— Ne t'excuse pas. C'est à cause de lui que tu t'es couchée tard hier, s'est moquée Ashton avant d'aller rejoindre Beau, qui s'approchait à son tour.

— J'ai passé un bon moment, hier soir, a chuchoté Sawyer d'une voix rauque.

Nous avions mangé chez Hank avant de finir la soirée à la clairière. Il n'y avait pas de fête et Sawyer avait voulu profiter de l'endroit. Il avait apporté une couverture, sur laquelle nous nous étions allongés pour contempler les étoiles. Je lui avais montré les constellations que je connaissais, et il avait essayé de glisser ses mains sous mes vêtements en faisant mine d'écouter. Ça avait été parfait.

— Moi aussi, ai-je répondu avec un grand sourire.

Il s'est penché vers moi pour m'embrasser tendrement, avant de murmurer :

— Allons voir si je peux t'apprendre à te balancer à cette corde.

J'ai secoué la tête en riant.

— Pas question. La dernière fois que tu as essayé, j'ai fini avec le crâne fendu et dix points de suture.

J'avais dix ans et j'avais paniqué au moment de lâcher la corde à laquelle on se balançait avant de sauter dans le lac. Résultat : j'avais heurté un rocher au lieu d'atterrir dans l'eau. Je n'avais plus jamais essayé.

— Je te promets qu'il ne t'arrivera rien, cette fois. On avait dix ans à l'époque.

Il a porté ma main à ses lèvres puis m'a entraînée vers le lac. Cris et rires fusaient autour de nous. Une vingtaine de personnes étaient déjà là. C'était la dernière fête organisée au lac avant notre départ pour l'université. Des filles bronzaient sur le ponton, des garçons grimpaient aux arbres pour se jeter dans l'eau, et personne n'avait de bière à la main. C'était un vrai miracle.

— Tu es sûre de ne pas vouloir sauter avec moi ? s'est

enquis Sawyer. Je tiendrai la corde et tu t'accrocheras à moi. C'est sans danger.

— Promis ? ai-je demandé en scrutant son visage à la recherche d'une trace d'hésitation.

— Promis, m'a-t-il assuré.

J'ai ôté mon tee-shirt et il a examiné le bikini que Jewel m'avait supplié d'acheter.

— Il n'y a pas beaucoup de tissu sur ce maillot, Lana.

J'ai jeté un œil aux maillots de bain des autres filles. Le mien n'était même pas le plus rikiki.

— Ça s'appelle un bikini, Sawyer. C'est ce que nous portons, nous, les filles, pour aller nager, ai-je raillé.

— Je suis au courant, Lana, mais…

Oh ! Il était jaloux !

Je me suis tournée et me suis tortillée en riant pour retirer mon short.

— Tu trouves ça drôle ? a-t-il fait en laissant glisser ses mains sur mes hanches.

— Je trouve ça hilarant.

J'ai fait volte-face et ai déposé un baiser sur ses lèvres boudeuses. Cette histoire de bikini le contrariait vraiment.

— Viens ! Je pensais qu'on devait se jeter à l'eau ?

Il m'a suivie en marmonnant dans sa barbe.

Une fois sur la branche, il a pris la corde et j'ai réalisé que j'avais peut-être parlé trop vite. Vu d'en haut, c'était encore plus terrifiant.

— Ne regarde pas en bas, a-t-il dit. Grimpe sur mon dos.

Je me suis demandé s'il ne valait pas mieux redescendre sans passer par la case « Tarzan et Jane ».

Sawyer a jeté un œil par-dessus son épaule.

— Vas-y, Lana. Je vais gérer, ne t'inquiète pas. Tout ira bien.

Je n'en aurais pas mis ma main à couper, mais je me suis résignée. Sawyer s'est baissé. J'ai agrippé ses épaules, serré mes jambes autour de sa taille et fermé les yeux de toutes mes forces.

— Parfait. Maintenant, accroche-toi, on décolle !

Nous nous sommes aussitôt envolés dans les airs.

J'ai ouvert les yeux au moment où il a lâché la corde. Je les ai refermés aussitôt, et j'ai crié alors que nous nous écrasions dans l'eau. Le lac n'était pas aussi froid que je le pensais. J'étais soulagée. J'ai lâché Sawyer et battu des jambes pour remonter à la surface.

Il a émergé de l'eau quelques secondes plus tard, un sourire niais sur le visage.

— Quoi ? ai-je demandé.

Il m'a fait un clin d'œil et m'a prise dans ses bras.

— Tu es très belle sous l'eau, a-t-il murmuré.

Je lui ai donné une tape sur le bras. Il a ri et a déposé un rapide baiser sur mes lèvres.

— On y retourne ? a-t-il proposé avec un grand sourire.

18

Sawyer

Après une semaine de rendez-vous avec Lana chez moi, à la clairière ou chez Hank, il était temps que je l'emmène dans un endroit sympa. Elle ne se plaignait jamais et était toujours partante pour tout ce que je lui proposais, même quand je lui avais demandé de m'accompagner pour aller acheter ce dont j'avais besoin pour ma chambre universitaire.

J'avais décidé de lui faire une surprise en l'amenant à La Nouvelle-Orléans. Je ne lui avais rien dit, à part de mettre une robe légère et des chaussures confortables. Cela faisait longtemps que je ne m'étais pas senti aussi anxieux à l'idée de retrouver quelqu'un.

J'allais sortir mon 4 × 4 du garage quand j'ai aperçu Ashton. Elle se tenait devant sa voiture, garée dans mon allée. Je me suis approché.

Ses yeux étaient remplis de larmes, et ses épaules, secouées par des sanglots. C'était quoi, ce bordel ?

— Ash ? Que se passe-t-il ? Lana va bien ?

Mon cœur s'est comprimé dans ma poitrine. Pour quelle autre raison Ashton pouvait-elle pleurer dans mon allée comme si quelqu'un venait de mourir ? J'ai prié tous les dieux de la terre pour que Lana aille bien.

— Ash, dis-moi ce qui se passe !

J'avais la gorge serrée. J'ai résisté à l'envie de l'attraper par les épaules et de la secouer pour la faire parler.

— Lana va bien, a-t-elle hoqueté entre deux sanglots.

Ma crise de panique a aussitôt disparu. Ce n'était pas à cause de Lana. Je pouvais me calmer.

— Ouf ! ai-je soufflé avec soulagement.

— C'est Beau. Il… il…

Elle a fondu en larmes et m'a tendu le portable de mon frère.

— Lis ce message, a-t-elle dit en sanglotant.

J'ai pris le portable en secouant la tête. Le message qui avait bouleversé Ashton était affiché à l'écran.

Sugar : *Salut, beau gosse. J'ai passé une super soirée avec toi, la semaine dernière. Tu me dois une partie de billard. Tu as triché et tu le sais. Tu as fait exprès de me déconcentrer. Alors trouve vite un moment pour te libérer du boulet qui te sert de copine et ramène tes jolies petites fesses au bar dès que je serai de retour en ville.*

Bisous bisous.

J'ai levé les yeux vers le visage meurtri d'Ashton avec une seule idée en tête : j'allais massacrer mon frère.

Lana

Sawyer : *Je ne vais pas pouvoir venir. Je ne sais pas si tu as parlé à Ash, mais Beau l'a trompée et elle a besoin de moi. Il faut que j'aille lui faire la peau et voir ce que je peux faire pour la consoler. Je l'ai trouvée en larmes dans mon allée ce matin.*

J'ai relu le message de Sawyer une troisième fois avant de poser mon téléphone. Je ne savais pas ce qui me surprenait le plus : que Beau ait trompé Ashton ou que Sawyer m'ait laissée tomber pour voler à son secours. Il aurait pu au moins m'appeler. Me demander de l'aider. Il n'avait fait ni l'un ni l'autre, parce qu'il n'attendait que ça. Beau lui avait amené Ashton sur un plateau d'argent, et je n'étais pas assez stupide pour croire que j'avais la moindre chance contre elle. Il l'aimait. Moi, je n'étais qu'un flirt. C'était elle, la fille avec laquelle il voulait passer sa vie.

J'ai repris mon téléphone et ai appelé Jewel.

— Tu te décides enfin à m'appeler ! Ça roule avec le « Canon du resto » ?

— Pas vraiment. Il faut que je parte. Je peux venir ?

— Oh, oh ! Bien sûr que tu peux venir. Il faut que je vienne te chercher ? Parce que je ne pourrais pas être là avant ce soir.

— Non, je vais me débrouiller. Je te vois dans quelques heures. Merci, Jewel.

— Pas de problème, ma belle. À tout à l'heure.

J'ai raccroché et ai composé un autre numéro.

— Allô ?

Le ton circonspect d'Ethan suggérait qu'il savait qui était à l'autre bout du fil.

— Salut, Ethan. C'est Lana. J'ai un énorme service à te demander, mais ne t'inquiète pas, je te payerai.

— Euh, OK.

— J'ai besoin que tu m'emmènes sur la côte.

Ethan s'est garé sur le parking de la résidence privée où Jewel passait l'été.

— Je sais que tu ne veux pas en parler, Lana, mais dis-moi au moins quelque chose. Sawyer est mon ami, il va péter les plombs quand il apprendra que tu es partie.

Je me sentais coupable de l'avoir mis dans une telle situation. Alors j'ai sorti cinq billets de vingt dollars et les lui ai tendus.

— Je ne veux pas de ton argent. Je veux juste une explication.

— Beau et Ash ne sont plus ensemble. Sawyer est allé la réconforter et panser ses blessures. C'est tout ce que tu as besoin de savoir.

Il a froncé les sourcils.

— Tu es sûre ? Aucune fille à part Ashton ne peut faire perdre la tête à Beau Vincent. Il est amoureux d'elle depuis qu'ils sont gosses.

— C'est arrivé, pourtant. J'imagine qu'il a eu ce qu'il voulait et qu'il est passé à autre chose. Heureusement, tout n'est pas perdu : l'autre Vincent est amoureux d'elle et est là pour ramasser les morceaux. Si elle est intelligente, elle s'accrochera à Sawyer et ne le lâchera plus. Son amour pour elle est inébranlable et sans limites.

— Je vous ai vus en ville et à la clairière. Il semblait avoir tourné la page.

Mon cœur s'est serré un peu plus, mais je ne devais pas y penser. Je ne le permettrais pas. Sawyer Vincent ne me briserait pas le cœur. J'étais plus forte que ça.

— Eh bien, les apparences sont parfois trompeuses. Je ne veux pas en parler, Ethan. S'il te plaît, prends l'argent ou je vais culpabiliser de t'avoir demandé de m'amener ici après ce qu'il s'est passé entre nous.

Ethan a pris l'argent que je lui avais quasiment collé entre les mains.

— Sache que je l'accepte uniquement pour te faire plaisir.

J'ai déposé un rapide baiser sur sa joue.

— Merci d'avoir été là pour moi. Tu ne peux pas savoir à quel point c'est rare que ça arrive.

J'ai ouvert la portière et suis sortie de la voiture. J'allais récupérer mes affaires dans le coffre lorsque Ethan est apparu à mes côtés.

— Je m'en charge, a-t-il annoncé avant de se diriger vers l'entrée de la résidence. Elle est à quel numéro ?

— 103.

Jewel a sauté de joie quand nous sommes arrivés à son appartement.

— Tu es là ! Oh ! Et t'as ramené le mec super mignon du Wings.

— Content de te revoir, Jewel, a dit Ethan en posant mes bagages sur le seuil.

— Moi aussi, euh…

— Ethan. Il s'appelle Ethan.

— C'est ça, a-t-elle déclaré en claquant des doigts comme si elle avait eu son nom sur le bout de la langue.

— Eh bien, Ethan, tu veux entrer ? On organise une fête, ce soir. Tu es le bienvenu, si tu veux.

Ethan a regardé Jewel, puis moi, puis a secoué la tête.

— Nan, il faut que j'y aille. J'ai déjà quelque chose de prévu, merci.

— Dommage.

Jewel a simulé une moue de dépit. Mais même un aveugle n'y aurait pas cru.

— Prends soin de toi, Lana, a dit Ethan d'un air concerné.

— Toi aussi, Ethan. Merci encore.

Il a hoché la tête et a disparu dans le couloir.

Jewel m'a attrapée par le bras.

— Entre et raconte-moi ce qui s'est passé, pendant que je me fais un sandwich.

J'ai porté mes bagages à l'intérieur.

— Je prends quelle chambre ?

— Celle au bout du couloir. Troisième porte sur la gauche. C'est celle qui a la plus belle vue.

19

Sawyer

J'ai tambouriné à la porte du mobil-home où vivait Beau en le maudissant intérieurement. Il m'avait volé Ashton, et tout ça pour quoi ? Pour la perdre sept mois plus tard ? Comment pouvait-on être stupide à ce point ?

— C'est quoi, ce bordel, Sawyer ? a aboyé Beau en ouvrant la porte et en me dévisageant comme si c'était *moi* qui avais déconné.

Je suis entré et j'ai jeté son téléphone sur la table de la cuisine où nous avions passé tant de nuits à jouer en attendant que sa mère rentre du travail.

— J'espère que t'as une bonne raison d'être là, Saw, a-t-il grondé en claquant la porte.

— Ash avait ton téléphone, ai-je répondu.

Beau a regardé son téléphone posé sur la table, puis moi.

— Et ?

Son air désinvolte me portait à croire que tout cela n'était qu'un énorme malentendu.

— Tu as reçu un texto… d'une fille, ai-je poursuivi en guettant sa réaction.

Il semblait toujours ne pas comprendre. La perplexité que je lisais dans son regard m'a révélé ce que je voulais savoir. Beau n'avait pas trompé Ashton. Dieu merci ! Il n'était peut-être pas trop tard pour emmener Lana à La Nouvelle-Orléans.

Je lui ai tendu son téléphone.

— Lis le message que Sugar t'a envoyé.

Les yeux de Beau se sont soudain agrandis, et le soulagement que j'avais éprouvé s'est envolé.

— Sugar m'a envoyé un message ? Et Ash l'a lu ?

— Oui, espèce de crétin. Tu devrais pourtant savoir que quand on *trompe* quelqu'un on finit toujours par se faire *prendre*. Nom de Dieu, Beau, comment as-tu pu faire ça ? Elle t'aime. Elle est anéantie. Je l'ai trouvée en larmes devant chez moi, ce matin.

Son visage s'est décomposé. Il a enfilé un jean à toute vitesse et s'est précipité vers la porte. Je l'ai suivi.

— Où est-ce que tu vas ?

— Où est-elle, Saw ? Où est Ashton ? a-t-il crié en courant en direction de son pick-up.

— Je ne te le dirai pas, Beau.

Il a fait volte-face, le visage déformé par la colère.

— Sugar est ma *tante*, Sawyer ! La petite sœur de ma mère. Maintenant, dis-moi où elle est avant que je te démolisse.

Son ton n'avait jamais été aussi menaçant.

— Depuis quand tu as une tante qui s'appelle Sugar ? La sœur de tante Honey s'appelle Janet ! ai-je répliqué.

À quoi il jouait ? J'étais son frère. Je connaissais sa famille.

— Et alors ? Ma mère s'appelle Paula et ça ne l'empêche pas d'avoir un surnom, que je sache ? !

— Sugar est le surnom de Janet ? ai-je demandé, interloqué.

— Oui ! Maintenant dis-moi où est ma copine !

— Elle est chez elle. Fonce, ai-je répondu, et il a sauté dans son pick-up.

Le moteur a rugi quand il a démarré en trombe. Je me suis assis sur les marches du mobil-home et ai envoyé un message à Ash.

Moi : *Fausse alerte. Beau est en chemin. Écoute ce qu'il a à te dire. Il se trouve que tante Honey a une petite sœur, que tout le monde surnomme Sugar. Dis à Lana de se tenir prête. Je passe la chercher.*

Ashton : *Oh, non, non, non. Je me suis fait des films pour rien. Je suis désolée, Sawyer.*

Moi : *Pas de problème. Ce qui compte, c'est que ça se soit arrangé. Attends-toi à le voir débarquer d'une minute à l'autre. Il est parti d'ici comme s'il y avait le feu quelque part.*

Ashton : *D'accord.*

Je n'ai pas envoyé de message à Lana. Je devais m'être attiré suffisamment d'ennuis avec celui que j'avais envoyé auparavant. Je n'avais pas pris le temps de lui expliquer la situation, mais j'avais dû intervenir au plus vite pour trouver Beau et rassurer Ashton. Je préférais la voir pour m'expliquer de vive voix.

C'est Beau qui m'a accueilli quand je suis arrivé chez Ashton. Son air grave m'a inquiété.

— Eh, tout va bien ? ai-je demandé en grimpant les marches du perron.

— Ça va dépendre de toi, a-t-il répondu.

— Quoi ?

— Ash est contrariée, mais pas à cause de moi. Elle s'en veut. Parce que c'est à toi qu'elle a fait appel quand elle a cru que je la trompais. Il n'y a toujours eu que nous trois. Elle n'a pas pensé à aller se confier à quelqu'un d'autre. Elle s'est dit que tu saurais quoi faire. Tu nous as toujours sortis des embrouilles. Alors, je te préviens, si tu la blâmes, hausses le ton ou la regardes de travers quand elle te dira ce qu'elle a à te dire une fois que tu auras franchi le seuil de cette maison, t'auras affaire à moi. Elle était bouleversée. Elle a agi sans réfléchir. Ce qui s'est passé est un dommage collatéral et ce n'est pas sa faute.

— Mais, enfin, où veux-tu en venir ? ai-je dit en le poussant pour entrer dans la maison.

Ashton était dans la cuisine. Elle avait les yeux rouges et se mordait la lèvre inférieure.

— Qu'est-ce qui se passe, ici ? Je suis venu voir Lana. Si vous avez d'autres soucis, réglez-les vous-mêmes.

— Non, non, non, a marmonné Ashton.

Elle a regardé Beau d'un air désespéré.

— Donne-lui, Ash. Vas-y, l'a-t-il encouragée.

— Me donner quoi ?

Mes yeux se sont posés sur la feuille de papier qui pendait au bout de son bras. Je me suis approché et la lui ai arrachée des mains. Une écriture fine et élégante la recouvrait. C'était une lettre. Mes yeux ont glissé sur le bas de la page, où se trouvait la signature de Lana. Mon cœur a cessé de battre.

Ashton,

Laisse-moi d'abord te remercier. J'avais besoin de me changer les idées cet été et, sans toi, cela n'aurait pas été possible. J'avais besoin de parler de mon père et de ce que je ressentais, et tu as été là pour moi. Personne n'avait jamais été là pour moi avant. Tu m'as été d'un précieux soutien, bien plus que tu ne pourrais l'imaginer.

J'ai commis l'erreur d'ouvrir mon cœur à quelqu'un qui ne m'ouvrira jamais le sien. Je savais que Sawyer t'aimait. Je le sais depuis toujours. Je pensais pouvoir me contenter d'un flirt. Mais je ne peux pas.

J'ai grandi avec des parents qui n'ont jamais fait attention à moi. Ils ne se sont jamais souciés de ce que je pouvais ressentir. C'est peut-être ma faute après tout, je devrais m'exprimer davantage. Mais j'ai tout gardé pour moi. Je voulais être forte parce que je savais qu'ils étaient faibles. Je suis fatiguée d'être forte. Je suis fatiguée de toujours passer après les autres. J'ai besoin que quelqu'un m'aime.

Je ne peux pas rester à Grove. Je n'en ai pas la force. J'ai trop souvent souffert. Je ne peux pas rester près de quelqu'un qui finira peut-être par me détruire.

Remercie tes parents pour moi. Je suis désolée de ne pas être restée pour vous dire au revoir et m'expliquer de vive voix, mais je pense que tu comprendras pourquoi je devais partir. Tu avais le bon Vincent depuis le début. Il t'aime comme j'aimerais un jour être aimée. Il ferait n'importe quoi pour toi. Quand quelqu'un d'aussi spécial, d'aussi extraordinaire vous aime, il ne faut pas le laisser partir. Sawyer mérite que l'on se batte pour lui. C'est lui, le bon.

Je t'aime,

Lana

— Elle a dit où elle allait ? Elle est rentrée chez elle ? Comment a-t-elle fait pour rentrer ?

J'avais le cœur au bord des lèvres. Mes yeux se sont remplis de larmes. J'ai ravalé la boule qui s'était formée dans ma gorge. Mais j'avais autre chose à faire que de pleurer comme un bébé. Je devais retrouver Lana. Le plus vite possible.

J'ai soigneusement plié sa lettre et l'ai glissée dans ma poche. Puis j'ai pris mon téléphone et ai composé son numéro. Je suis tombé directement sur son répondeur. Merde.

— Tu as essayé de la joindre ? Tu as appelé sa mère ? ai-je demandé à Ashton en essayant à nouveau.

— Ne hausse pas le ton, a prévenu Beau. Je sais que tu es contrarié, mais rappelle-toi ce que je t'ai dit. Et tant que j'y pense, ce n'est pas toi, le bon. Juste pour info.

Je n'avais rien à faire de ses menaces. Je devais rejoindre Lana.

— Je ne hausse pas le ton. Il faut que je retrouve Lana ! ai-je grondé avant d'envoyer mon poing à travers le mur de brique.

La douleur qui m'a transpercé les os n'était rien comparée à celle qui m'enserrait la poitrine.

— Sawyer, arrête ! Tu saignes. Beau, fais quelque chose !

La voix paniquée d'Ashton me parvenait de loin.

— OÙ EST-ELLE ? ai-je rugi en frappant le mur de toutes mes forces.

Les larmes m'obstruaient la vue. Je devais la retrouver. Elle avait besoin de moi. Elle avait besoin de moi et je n'étais pas là.

Je me suis appuyé contre le mur et j'ai laissé mes larmes couler. Je l'avais perdue. Je ne pouvais pas la perdre. Je n'aurais jamais imaginé qu'elle souffrait à ce point. Je voulais trouver son imbécile de père et le rouer de coups jusqu'à ce que la douleur causée par les mots de sa lettre s'apaise. Comment avaient-ils pu la rejeter de cette façon ? Comment pouvait-on rejeter une fille comme elle ?

— On va la retrouver, Sawyer, a dit Ashton entre deux sanglots. Beau, fais quelque chose, a-t-elle supplié.

— Donne-nous une minute, Ash, tu veux ? a répondu Beau.

Je les ai entendus chuchoter avant qu'elle ne quitte la pièce.

— Faut que tu te reprennes, vieux. Ce n'est pas en pétant les plombs qu'on va la retrouver.

Il n'avait pas d'ordres à me donner. J'avais perdu Lana à cause de *lui*. J'ai relevé la tête et balayé mes larmes avant de m'éloigner.

— Écoute, frangin, je comprends. Tu l'aimes. Je sais ce que c'est. Mais pleurnicher comme un bébé ne va pas t'aider. Il faut qu'on la cherche, alors ressaisis-toi !

Je me suis figé, le souffle coupé. Que venait-il de dire ? J'ai l'ai regardé.

— Tu viens de dire que je l'aimais ?

Beau a levé les yeux au ciel et a croisé les bras sur sa poitrine.

— Sérieusement, Saw ? Il faut vraiment que tu poses la question ? (Il a secoué la tête comme s'il avait affaire au dernier des débiles.) Laisse-moi te demander quelque chose : quand tu as perdu Ash, tu as pleuré ? On s'est battus et tu as crié, mais est-ce que tu as pleuré ?

— Non.

Beau a hoché la tête.

— Tu en avais envie ? Ou tu étais juste furieux ?

J'ai repensé aux semaines qui avaient suivi notre rupture. Je ne me souvenais pas avoir eu envie de pleurer. Pas une fois.

— Non.

— C'est bien ce que je pensais. Parce que, même si tu aimais Ash, ce n'était pas la bonne. Quand tu trouves la bonne personne, il n'y a qu'elle qui peut te faire pleurer.

20

Lana

— Non, maman, je ne te dirai pas où je suis, ai-je répété pour la cinquième fois.

— Lana Grace McDaniel ! Rentre à la maison tout de suite ! Tu n'as que dix-huit ans. C'est dangereux pour toi de voyager seule. Peu importe où tu te trouves, rentre. Ashton a appelé trois fois, et ce garçon, Sawyer…

— Non. Je ne veux rien entendre. Ça ne m'intéresse pas. S'il te plaît, maman, si tu ne veux pas que je raccroche, ne me parle plus de lui ni d'Ashton, d'accord ?

— Mais ils…

— Je vais raccrocher et couper mon téléphone, je te préviens.

Ma mère a eu un hoquet de surprise. Je ne lui avais jamais parlé sur ce ton, mais elle me fatiguait. Elle ne m'écoutait jamais. Elle essayait sans cesse de me contrôler.

Je n'avais peut-être que dix-huit ans, mais je me sentais beaucoup plus mûre qu'elle. Je l'avais toujours été.

— Très bien, a-t-elle fini par lâcher.

— Si tu n'as rien d'autre à me dire, il faut que j'y aille. Je te rappellerai plus tard. Je suis en sécurité, fais-moi confiance. C'est tout ce que tu as besoin de savoir.

— Si c'est à cause de ton père…

— Non, maman, ce n'est pas à cause de lui. Plus maintenant, en tout cas. Cela me concerne, moi. À partir de maintenant, je ne tiendrai plus compte de ce que vous faites ou dites pour prendre mes propres décisions.

Elle n'a rien répondu, et je me suis demandé si elle n'avait pas raccroché. Rester sans voix ne lui ressemblait pas. Finalement, elle a poussé un long soupir.

— D'accord.

— Bien.

— Je t'aime, Lana. Tu le sais, n'est-ce pas ?

Non, je ne le savais pas. À vrai dire, je ne la pensais pas capable d'aimer quelqu'un d'autre qu'elle-même. Mais c'était ma mère.

— Bien sûr, maman. Je t'aime aussi.

J'ai raccroché et éteint mon téléphone avant de le jeter dans ma valise. Ma mère n'était pas assez futée pour penser à retracer l'appel – j'étais à peu près sûre qu'elle ignorait qu'on pouvait retrouver quelqu'un de cette façon –, mais couper mon téléphone allait m'offrir un peu de répit.

Je me suis approchée de la grande baie vitrée. Jewel n'avait pas exagéré par rapport à la vue. Ma chambre était la seule à donner directement sur la plage de sable fin et l'eau azur du golfe du Mexique qui s'étendait à perte de vue. J'aurais pu passer le reste de mes vacances ici. Mettre de l'ordre dans mes pensées. Guérir. Puis retourner à Alpharetta et affronter l'avenir. Je pourrais peut-être trouver un job pas trop mal payé. Mettre de l'argent de côté pendant un an ou deux et aller à l'université de Géorgie. Ce n'était pas mon premier choix, mais ce serait toujours mieux que de rester à la maison. Et moins cher que d'aller étudier en Floride. J'ai grimacé en repensant à tout ce que j'avais mis en vente sur eBay quand j'avais appris que Sawyer y allait. J'avais pensé que si j'économisais assez d'argent, mon père m'aiderait pour le reste. Je m'étais inscrite à l'université de Floride, j'y avais été acceptée, et j'avais payé les frais d'inscription avec ma bourse. Mais ça n'avait plus d'importance. Je n'avais plus aucune raison d'y aller. Peut-être était-ce un signe du destin. Peut-être n'étais-je pas destinée à aller en Floride. Peut-être n'étais-je pas destinée à être avec Sawyer.

— Hello, ma belle ! Arrête de regarder la plage d'un air si triste. Enfile ton maillot et viens profiter du soleil avec moi.

Jewel était appuyée contre l'embrasure de la porte. Elle avait attaché ses longs cheveux blonds en queue-de-cheval et portait un bikini vert qui faisait ressortir son bronzage.

— Tu n'avais pas un rendez-vous ? ai-je questionné. Et qu'est-il arrivé à Heath ? Je pensais que vous deviez passer l'été ensemble ?

J'étais tellement submergée par ma peine quand elle m'avait parlé de son copain que je n'avais pas réagi. Elle a agité la main comme si elle chassait une mouche.

— Il m'a surprise avec un autre. *Trop* sexy, Lana. Ça en valait le coup. Heath a pris ses affaires et s'est tiré.

C'est mieux comme ça. On avait fait le tour de notre relation de toute façon.

C'était du Jewel tout craché. Elle pouvait passer d'un mec à l'autre sans le moindre scrupule et prenait la fuite dès qu'une relation devenait trop sérieuse. Pour autant, c'était mon amie – peut-être pas la meilleure qui soit, mais la seule que j'avais jamais eue. Et en ce moment, elle était ma bouée de sauvetage.

— Je me change et je te rejoins dans une minute, ai-je annoncé.

Elle a acquiescé avant de sortir. J'ai soudain repensé à ma mère.

— Jewel ?

Elle s'est retournée et m'a regardée de cet air insouciant qui la caractérisait.

— Ouais ?

— S'ils appellent, ne dis pas à mes parents que je suis là, d'accord ?

Jewel a hoché la tête.

— Pas de souci. Moi aussi, je voudrais les fuir si c'était mes vieux.

— Et si Ashton appelle... je ne veux pas non plus qu'elle sache où je suis.

Ses yeux se sont agrandis de surprise.

— Vraiment ? Qu'est-ce que ta parfaite petite cousine que tu aimes tant a bien pu faire ? Je me ferais une joie d'aller lui causer un peu, tu sais ? Elle est un peu trop cucul la praline à mon goût.

J'ai haussé les épaules, mais n'ai pas pu m'empêcher de sourire. Certes, Jewel pouvait draguer le mec de vos rêves sous votre nez, mais elle serait toujours la première à sortir les griffes pour prendre votre défense.

— Ashton ne m'a rien fait. Je l'aime toujours, j'ai juste besoin de prendre mes distances avec Grove et ses habitants.

Jewel a pincé les lèvres, comme si elle voulait en savoir davantage mais n'osait pas demander. Finalement, elle a acquiescé :

— OK. Je ne dirai rien à personne. Tu peux compter sur moi. Maintenant, va mettre ton maillot et te tartiner de crème solaire parce que tu n'as vraiment pas besoin de plus de taches de rousseur.

Jewel m'a fait signe quand je l'ai rejointe sur la plage. Elle avait installé deux chaises longues et un parasol et profitait du soleil, un magazine sur les genoux et un verre à la main.

— Quel canon ! s'est-elle exclamée après m'avoir sifflée.

J'ai levé les yeux au ciel et me suis allongée sur la chaise la plus à l'ombre. J'ai poussé un profond soupir. C'était agréable. La brise légère, le bruit de l'océan…

— Tiens, bois une gorgée. J'ai mis du jus d'orange, du jus d'ananas, du zeste de citron et de la vodka. C'est délicieux.

J'ai commencé à secouer la tête, puis ai fini par prendre le verre en me disant : « Après tout, pourquoi pas ? »

J'ai bu une gorgée de son cocktail tropical. Jewel avait raison, c'était vraiment bon. J'aurais pu facilement le boire en entier, mais je préférais garder les idées claires. Noyer mes problèmes dans l'alcool n'était pas une solution.

— Mmm ! Merci, ai-je dit en lui rendant son verre.

Jewel s'est levée.

— Garde-le. Je vais m'en faire un autre.

— Non, ça va aller. Je n'ai pas envie de boire. Du moins, pas maintenant.

Elle a pris le verre et s'est rassise en fronçant les sourcils.

— Tu comptes me dire ce qui s'est passé ?

Non, probablement pas.

— Je n'ai pas envie d'en parler.

— Comme tu veux, a-t-elle déclaré en soupirant. Mais je te préviens, je ne me contenterai pas de cette réponse éternellement. Tôt ou tard, tu devras me raconter.

Normal. Elle m'avait offert une échappatoire et avait promis de ne rien dire à personne. Quand je serais prête, je lui expliquerais. C'était la moindre des choses.

Le refrain de *Circus* de Britney Spears – sa chanson préférée – a retenti sur la plage. Elle a jeté un œil à son téléphone. Puis à moi.

— C'est ta mère.

Je m'y attendais.

— Tu peux répondre. Fais comme si tu ne savais rien.

Jewel m'a fait un grand sourire. Elle adorait mentir. C'était idiot, mais elle aimait le pouvoir que cela lui procurait.

— Allô ?

Elle est restée silencieuse un moment. Ma mère devait lui faire un résumé complet à l'autre bout du fil.

— Attendez, vous voulez dire qu'elle a… disparu ? Vous lui avez parlé ?

Jewel m'a fait un clin d'œil.

— Oh, waouh ! Non, elle ne m'a pas appelée. Vous

voulez que j'essaye de la joindre ? Elle me dira peut-être où elle est ?

Elle était vraiment douée. J'étais à deux doigts de croire qu'elle ignorait que j'avais quitté Grove.

— C'est bizarre, madame Mac, mais non, elle ne m'a pas appelée. Je n'ai pas eu de ses nouvelles depuis un bon moment. Je vous tiendrai au courant si j'arrive à la joindre, a-t-elle roucoulé.

Ma mère détestait que Jewel l'appelle « madame Mac ». En fait, ma mère détestait Jewel. Elle avait dû prendre sur elle pour passer cet appel.

— Il faut que j'y aille, madame Mac. Je suis désolée, mais mon copain sauveteur vient d'arriver et il doit m'apprendre le bouche-à-bouche, si vous voyez ce que je veux dire... Je vous appelle si j'ai des nouvelles.

Et elle a raccroché. Elle a vérifié que la communication était coupée avant de me faire un grand sourire.

— Alors ? Avoue que j'ai assuré ? !

Si je n'avais pas été aussi abattue, j'aurais éclaté de rire.

— Oui, tu as été incroyable. Je ne saurai plus jamais si tu dis la vérité ou si tu mens tellement c'était bluffant. J'ai bien failli croire que tu ne m'avais pas vue.

Jewel s'est allongée dans sa chaise en gloussant.

— Ne dis pas de bêtises, tu es la seule personne sur terre qui sait quand je raconte des bobards. Je préfère voir ça comme une performance. Eh ! Il faut trop que je déménage à Hollywood ! Je serais fantastique sur grand écran. Ou peut-être à la télé. Genre dans une série de la CW[1]... Ohhh ! Je pourrais jouer dans *Vampire Diaries* ! Et

1. Chaîne américaine spécialisée dans la diffusion de séries.

mettre le grappin sur Damon Salvatore. Et on pourrait tourner une scène de…

J'ai fermé les yeux et l'ai laissée fantasmer sur Damon et sa gloire à venir.

Sawyer

Trois jours et toujours rien. Même sa mère ignorait où elle était. Je me sentais vide. Plus rien n'avait d'importance. Je n'avais plus de raison de me lever le matin. La seule chose qui me permettait de continuer à avancer était l'espoir qu'elle finisse par appeler. Peut-être qu'un jour je la retrouverais.

Je n'arrivais pas à dormir. Nuit après nuit, je restais étendu dans mon lit, à repenser à tout ce que je lui avais fait subir. Elle avait été si gentille avec moi. Je ne la méritais pas. Pourtant, elle avait voulu sortir avec moi. Moi. Personne d'autre. Même après m'avoir entendu dire qu'elle n'était qu'une distraction, elle m'avait pardonné. Je l'avais laissée tomber pour aller m'occuper d'Ashton quand celle-ci avait eu besoin de moi. Cette fois aussi, elle m'avait pardonné. Bon sang, elle avait passé son temps à me pardonner. J'ignorais si j'allais réussir à me concentrer pendant ma première semaine d'entraînement en Floride. Comment pourrais-je quitter Grove sans savoir si Lana allait bien ? Sans pouvoir la serrer dans mes bras et lui dire à quel point j'étais désolé ? Comment pourrais-je partir sans avoir pu lui dire que j'étais amoureux d'elle ?

J'ai attrapé le premier truc qui m'est tombé sous la main – une photo dans un cadre – et l'ai jeté à travers la pièce avec un grognement de dépit. Il fallait que j'évacue la peur et la douleur qui me dévoraient les entrailles.

— T'as fait un trou dans le plâtre, a fait remarquer Beau. (J'ai tourné la tête et l'ai vu appuyé nonchalamment contre la porte.) Je doute que ta mère apprécie.

— C'est le cadet de mes soucis, ai-je répliqué.

Il a haussé les épaules.

— Tu devrais économiser ton énergie. Tu vas en avoir besoin, la semaine prochaine. Il va falloir que tu sois à ton meilleur niveau si tu veux que l'équipe de Floride ait une chance de gagner le championnat.

Je savais qu'il essayait de me changer les idées, mais c'était peine perdue. Je n'étais pas d'humeur à parler football avec lui. En cet instant, je me fichais de qui gagnerait quoi. Je voulais juste revoir Lana.

— Je dois la retrouver, Beau.

Je n'avais jamais été aussi désespéré.

— On va la retrouver. Mais ça demande du temps. Elle a bien effacé ses traces, elle est futée.

Elle ne pouvait pas avoir pensé à tout. Quelqu'un avait dû l'aider. Mais qui ?

— Elle n'a pas pu disparaître comme ça. Il n'y a pas de taxi dans cette fichue ville ! Et la station de bus la plus proche est à au moins vingt bornes. Quelqu'un a dû l'aider. C'est ça, notre piste.

— Tu m'as dit que sa mère avait appelé sa copine qui passe ses vacances sur la côte, c'est ça ?

J'ai hoché la tête, puis fermé les yeux. J'avais rencontré Jewel. Elle n'avait pas pu tout laissé tomber pour venir chercher Lana en si peu de temps. Même si elle l'avait voulu, c'était techniquement impossible.

— Elle ne sait rien. La mère de Lana est formelle. Elle a parlé à Jewel et celle-ci lui a dit qu'elle n'avait pas eu de ses nouvelles depuis longtemps. Ça n'a pas eu l'air de l'affoler plus que ça, d'ailleurs.

Beau a froncé les sourcils.

— Elle ne s'est pas inquiétée de la disparition de son amie ?

— Tu ne connais pas Jewel. Tout ce qui l'intéresse, c'est faire la fête et draguer. J'ai passé tout un repas à essayer de repousser sa main de ma cuisse. Y a pas plus superficielle que cette fille.

— Ce n'est pas parce qu'elle aime faire la fête qu'elle ne peut pas se montrer loyale envers son amie. Tu as passé, quoi, une soirée avec elle ? Je doute que ce soit suffisant pour juger de la loyauté de quelqu'un. D'accord, elle t'a soûlé, mais Lana ne semble pas être le genre de fille à être amie avec quelqu'un d'aussi nul. Elle doit bien avoir des qualités. Si Lana la considère comme son amie, c'est qu'il y a des choses à propos de Jewel que tu ignores.

Beau avait marqué un point.

— Tu sais quoi ? T'as raison.

Je me suis levé et j'ai saisi mon téléphone.

— Tu appelles qui ?

— La mère de Lana. Il me faut le numéro de Jewel.

Beau a acquiescé.

— Ça y est, tu réfléchis enfin.

Après avoir promis à la mère de Lana de l'appeler si j'apprenais quoi que ce soit, j'ai rapidement raccroché et composé le numéro qu'elle venait de me donner.

— Allô ? a répondu une voix chantante après la troisième sonnerie.

— Jewel ? C'est Sawyer Vincent.

— Ooooooooh, en voilà une surprise ! Je ne me rappelle pas t'avoir donné mon numéro, Sawyer Vincent. Je te manquais tellement que tu n'as pas pu résister à l'envie de l'avoir ? a-t-elle roucoulé à l'autre bout du fil.

Beau se trompait à son sujet. J'ai grimacé en pensant que, maintenant que cette fille avait mon numéro, elle n'allait plus me lâcher.

— Euh, oui, enfin, j'espérais que tu pourrais m'aider…

— Tout ce que tu veux, trésor, j'adore rendre service.

Ce qui s'était passé au Wings ne lui avait visiblement pas servi de leçon.

— Tu as parlé à Lana, récemment ? Elle t'a appelée ? Je sais que sa mère te l'a déjà demandé et que tu lui as dit que tu ne savais rien, mais je suis désespéré. Il faut que je la retrouve. Alors, si tu sais quelque chose, je t'en prie, dis-le-moi. J'ai besoin d'elle. S'il te plaît.

J'ai arrêté de supplier et prié pour que ce coup de fil ne soit pas complètement inutile.

— Euh, waouh ! Qu'est-ce qui s'est passé entre vous ? Sa mère m'a effectivement appelée. Elle était inquiète et je me suis dit que Lana avait peut-être pété les plombs à cause de son père. Je pensais qu'elle allait me téléphoner, mais elle ne l'a pas fait. C'est de ta faute si elle a disparu ? Tu lui as fait du mal ?

Le peu d'espoir que j'avais s'est évanoui. Je savais que Lana ne serait pas allée se réfugier auprès de Jewel. Et qui l'aurait emmenée là-bas ? Cette fille ne savait vraiment rien.

— J'ai besoin de lui parler. De la voir. Si elle t'appelle

ou si tu as la moindre idée de là où elle peut être, tiens-moi au courant. Je ne la cherche pas pour sa mère ou quoi que ce soit. C'est pour moi. Juste pour moi.

— OK, Sawyer Vincent. Je t'appellerai si j'ai du nouveau. Mais, mince, ça m'intrigue, maintenant. Lana aurait-elle enfin réussi à se dégoter un mec ? Il serait temps !

J'ai agrippé mon téléphone pour m'empêcher de dire à cette garce d'aller se faire voir. Je ne pouvais pas me le permettre. J'avais trop besoin d'elle.

— Tiens-moi au courant si tu apprends quelque chose, d'accord ? ai-je répété.

— Bien sûr, chéri. En attendant, tu pourrais venir me rendre visite. J'ai de quoi te faire vraiment plaisir. Je suis à la résidence Kiva Dunes, sur West Beach. Rez-de-chaussée. Numéro 103. Ma chambre fait le coin et donne sur l'océan…

— Appelle-moi si tu as du nouveau, l'ai-je coupée. Je te remercie.

J'ai raccroché avant qu'elle puisse ajouter quoi que ce soit.

— Alors ? a demandé Beau.

— Elle ne sait rien. Tu t'es trompé sur elle, cette fille n'a pas la moindre qualité.

— Hum, s'est-il contenté de répondre.

21

Lana

Une musique assourdissante me parvenait de l'extérieur. Les gens qui avaient envahi la piscine de la résidence étaient de plus en plus bruyants. Je pensais que les autres habitants se seraient plaints du bruit, mais, apparemment, les fêtes étaient fréquentes, ici, pendant l'été, et tout le monde était de la partie.

J'ai fermé mes rideaux pour retrouver un peu d'intimité. Trois personnes étaient déjà venues frapper à ma porte. J'ai arrêté de répondre après la deuxième fois. Il ne s'agissait que de filles et de gars à moitié soûls qui cherchaient un endroit où s'envoyer en l'air. J'ai frissonné de dégoût et suis allée dans la salle de bains pour me détendre.

— Lana, ouvre cette porte tout de suite ! a crié Jewel en tambourinant à la porte de la chambre.

Super ! Elle était déjà soûle et elle allait me forcer à faire la fête avec elle.

J'ai soupiré et me suis dirigée vers la porte avec

l'intention d'en finir au plus vite. Tout ce que je voulais, c'était prendre un bon bain chaud.

J'ai ouvert et commencé à lui dire que je n'étais pas intéressée, mais elle est passée devant moi et a claqué la porte derrière elle.

— Qu'est-ce que t'as fait à Sawyer Vincent ? !

Elle semblait sous le choc.

— Je t'ai dit que je ne voulais pas en parler.

— Eh bien, tu vas devoir, parce que je viens de lui mentir pour te couvrir. Il a passé dix minutes à me supplier de l'appeler si j'avais de tes nouvelles.

Il avait appelé Jewel ?

— Quand ? Maintenant ? Il t'a appelée ?

— Oui, il m'a appelée. Il était pathétique, Lana. *Pa-thé-ti-que.* Qu'est-ce que tu lui as fait ? Tu peux m'expliquer ? Parce que, ma vieille, t'as l'air de lui avoir retourné le cerveau.

Je me suis laissée tomber sur le lit en secouant la tête. Pourquoi voudrait-il me parler ? Il avait récupéré Ashton. Ne pouvait-il pas se contenter d'être heureux ? Pourquoi aurait-il demandé de l'aide à Jewel ? Pour rassurer Ashton, probablement. C'était la seule raison.

— Qu'a-t-il dit exactement ?

Jewel a agité son index.

— Oh, non. Ce n'est pas toi qui poses les questions, c'est moi. Si tu réponds, je te dirai ce que tu veux savoir.

Merde.

— S'il te plaît, ne me fais pas ça. Je ne veux pas parler de lui.

— Y a pas de s'il te plaît qui tienne. Parle !

Le simple fait de penser à lui me comprimait la poitrine.

J'ai commencé à faire les cent pas dans la chambre. Je voulais savoir ce qu'il avait dit à Jewel et ce qu'elle lui avait répondu, parce que, si elle lui avait dit où j'étais, j'allais devoir faire mes valises et partir sur-le-champ.

— Je suis amoureuse de Sawyer Vincent depuis toute petite. Il est amoureux d'Ashton depuis à peu près aussi longtemps. Ils ont rompu il y a sept mois parce qu'elle est tombée amoureuse de son cousin, Beau. Ne me demande pas pourquoi, je n'en ai aucune idée. Sawyer est parfait. Beau est… humm, Beau est un rustre… mais il est fou amoureux d'Ashton.

— Minute. Ils sont tous les deux amoureux d'Ashton ? a interrogé Jewel.

— Oui. Ils l'ont toujours été. (J'ai pris une grande inspiration avant de poursuivre.) J'ai pensé qu'une fois que Sawyer se serait remis de sa rupture je pourrais entrer dans la partie et essayer d'attirer son attention.

Le rire sans joie qui m'a échappé ressemblait davantage à un sanglot. Je détestais me sentir aussi désarmée quand je prononçais son prénom.

— C'est pour ça que j'ai changé de look. Pour lui. J'espérais qu'il me trouve attirante. Et ça a marché, il m'a remarquée. Mais ce n'était pas suffisant.

Pourvu qu'elle se contente de cette explication ! Je ne voulais plus en parler.

— D'accord, mais dans ce cas pourquoi il m'a suppliée de l'aider à te retrouver ?

— Parce que quand Ashton veut quelque chose, Sawyer remue ciel et terre pour le lui obtenir.

— Mais elle est avec Beau, non ?

J'ai secoué la tête et ai baissé les yeux pour cacher les larmes qui s'y étaient formées.

J'allais devoir lui raconter toute l'histoire ou elle finirait par tirer de mauvaises conclusions et lui dire où j'étais.

— Non. Beau l'a trompée. Ça m'a donné un choc quand je l'ai appris, parce qu'il est fou d'elle, mais elle avait des preuves. Elle s'est réfugiée auprès de Sawyer quand elle l'a découvert et il m'a laissée tomber pour s'occuper d'elle.

J'ai reniflé et essuyé une larme qui avait coulé. Puis j'ai regardé Jewel.

— Tu penses qu'il veut te retrouver parce que Ashton est contrariée par ton départ ?

J'ai hoché la tête.

— Merde, a marmonné Jewel, puis de la colère est apparue sur son visage. Je vais m'occuper de son cas à celle-là.

— Jewel, non. Ashton n'y est pour rien. Ce n'est pas sa faute si Sawyer est amoureux d'elle. Ils sont restés ensemble pendant trois ans. Elle se sent en sécurité avec lui.

— Pfff !

Son air dégoûté m'a presque fait rire. Presque.

— Je ne peux m'en prendre qu'à moi-même si je me retrouve dans cette situation. (J'ai haussé les épaules et me suis assise à côté d'elle.) J'ai voulu saisir ma chance et je me suis plantée. Mais au moins j'ai essayé. Tu sais comme moi qu'il était temps que j'essaye. Ça m'aura servi de leçon.

Jewel a passé ses bras autour de mes épaules et a posé sa tête contre la mienne en soupirant.

— Je suis désolée, ma belle. Je ne lui dirai rien. Même

s'il me supplie. J'ai mal interprété son désespoir. Il a dit qu'il avait besoin de te voir. J'ai pensé que vous vous étiez disputés et que tu l'avais laissé en plan. Je n'ai pas compris qu'il agissait pour soulager le sentiment de culpabilité d'une autre. C'est peut-être ta cousine, mais elle me sort par les trous de nez ! Enfin, je dis ça, je dis rien.

Nous sommes restées silencieuses un moment.

— Merci de m'avoir couverte. Tu es vraiment douée pour jouer la comédie.

Jewel m'a fait un grand sourire.

— Alors tu vas venir avec moi à L.A. ? On va s'éclater, là-bas, toi et moi !

Un rire sincère m'a échappé, mais j'ai secoué la tête.

— Un jour, peut-être.

— En attendant, viens faire la fête avec nous. Oublie le reste. J'ai préparé un cocktail trop bon à base de rhum et de lait de coco !

Je n'avais pas encore le cœur à ça.

— Donne-moi quelques jours, d'accord ?

— Bien sûr.

Sawyer

Sawyer mérite que l'on se batte pour lui. C'est lui, le bon. J'ai relu ce passage pour ce qui m'a semblé être la centième fois. Mes affaires étaient prêtes. Dans quelques heures, je partirais pour la Floride. Cela faisait plus d'une semaine, et pas de nouvelles de Lana. Son téléphone était toujours sur répondeur. Tout ce que je savais, c'était qu'elle était en vie, parce qu'elle avait rappelé sa mère.

C'était la seule chose à laquelle je pouvais me raccrocher. Je ne vivais plus que pour les appels de sa mère, qui me racontait chaque fois ce que Lana lui avait dit. C'était mon seul lien avec elle et, même si je n'appréciais pas beaucoup ses parents, je commençais à avoir une certaine affection pour sa mère. Elle avait peut-être une drôle de façon de le lui montrer, mais elle aimait sa fille. Lorsque celle-ci rentrerait chez elle, j'étais sûr que leurs relations s'amélioreraient.

J'ai replié la lettre de Lana et l'ai glissée dans ma poche. Je n'allais nulle part sans ce bout de papier. Il me rappelait qu'une fois que je l'aurais retrouvée je devrais tout faire pour la récupérer. C'était ma faute si elle avait mal interprété ce qui s'était passé. Si j'avais ouvert les yeux plus tôt et réalisé que j'étais amoureux d'elle, rien de tout cela ne serait arrivé. Malheureusement, Lana n'en savait rien. Elle croyait que j'aimais toujours Ashton.

— Sawyer, tu es prêt ? a demandé mon père depuis le rez-de-chaussée.

Je n'étais pas prêt. Je ne voulais pas quitter Grove. Que se passerait-il si elle revenait et que je n'étais pas là ? Comment pourrais-je me concentrer sur le football ? Cette semaine d'entraînement allait être un désastre.

— J'arrive, papa.

J'ai pris mon téléphone. J'y avais conservé la photo que Lana m'avait envoyée quand nous étions allés camper. Elle marchait vers la cascade de Cheaha en riant, quand Ash l'avait prise. C'était la seule photo que j'avais d'elle. Je l'avais fait développer et l'avais posée sur ma table de chevet. Certaines nuits, la regarder était la seule chose qui m'empêchait de perdre les pédales. J'ai glissé mon téléphone dans ma poche. J'avais sa lettre et sa photo. Cela devait m'aider à tenir le coup les prochains jours.

Ethan parlait à mon père quand je suis descendu. Il a détourné les yeux lorsque nos regards se sont croisés. Ce genre de comportement ne lui ressemblait pas.

— Ethan ?

— Salut, Sawyer. J'avais, hum, oublié que tu partais aujourd'hui.

Je n'étais plus allé à la clairière, ni à aucune fête, depuis le départ de Lana.

— Oui, les entraînements commencent demain.

— Je suis venu te poser une question, mais ça peut attendre ton retour.

— Tu es là, autant la poser.

S'il me demandait si Lana était disponible, j'allais lui briser le cou.

— Euh, c'est au sujet de Lana..., a-t-il commencé.

Je me suis tourné vers mon père.

— Tu peux nous laisser une minute ?

Il a acquiescé et pris mes sacs avant de sortir de la maison.

— Qu'est-ce qui se passe avec Lana ? l'ai-je interrogé en espérant qu'il percevrait l'avertissement dans ma voix.

Ethan a soupiré.

— Je ne sais même pas pourquoi je demande, mais bon...

Il s'est éclairci la gorge avant de poursuivre :

— Est-ce que, humm, tu l'aimes ? Lana, je veux dire.

Le fait qu'il se soit senti obligé de préciser m'a foutu en rogne. J'en avais marre qu'on la compare sans arrêt à Ashton. Elle représentait tellement plus que tout ce que j'avais pu vivre avec Ash ! Il n'y avait pas de comparaison possible.

— Oui, ai-je dit d'un ton sec.

— Tu l'aimes plus que…

— Ne t'avise même pas de le dire, ai-je grondé.

Ses yeux se sont agrandis de stupeur.

— OK. Compris.

Il s'est reculé vers la porte.

— C'est tout ce que tu voulais ? Savoir si Lana était disponible ? Tu sais qu'elle m'a quitté, non ? Personne ne sait où elle est.

Ethan a dégluti et a secoué la tête.

— Euh, non. Enfin, j'en ai entendu parler, mais je n'étais pas sûr.

— Il faut que j'y aille, si c'est tout ce dont tu avais besoin.

Il a confirmé d'un signe de tête.

— Bonne chance pour la Floride. On se revoit à ton retour. Tu me raconteras comment c'était.

Sa voix était tendue, mais je sentais qu'il essayait de m'apaiser. Si j'avais été un ami digne de ce nom, je lui aurais présenté mes excuses. Mais je ne pouvais pas. Je le ferais la prochaine fois. J'ai enfoncé mes mains dans mes poches et ai senti la lettre de Lana sous mes doigts. Je devais la retrouver.

22

Lana

Ma crème solaire n'avait servi à rien. Je n'avais peut-être pas pris de coup de soleil, mais mes taches de rousseur avaient bruni. On les voyait encore plus qu'avant. Ce n'était pas tout à fait le but… À part ça, je me sentais bien, sous mon parasol, à l'abri du monde et des personnes qui pouvaient me faire souffrir. Malheureusement, cela ne durerait pas. J'allais devoir partir à la fin du mois et retourner à Alpharetta. Auprès de ma mère. Je ne voulais pas y penser. Cela allait être suffisamment difficile de l'affronter après m'être cachée pendant un mois.

Elle continuait de me parler de Sawyer. Je raccrochais chaque fois. Elle finirait bien par se lasser. Le jour où nous recevrions le faire-part de son mariage avec Ashton, elle arrêterait peut-être de penser que Sawyer s'intéressait à moi. Une boule s'est formée dans ma gorge à cette idée.

— Lana ?

Une voix familière m'a tirée de mes pensées. Je me suis retournée, pour découvrir Ethan, debout derrière la chaise longue de Jewel. Elle ne s'était pas jointe à moi aujourd'hui. Elle avait préféré aller faire du shopping.

— Ethan ! me suis-je exclamée.

Je ne m'attendais pas à le revoir.

— Salut. Désolé de débarquer comme ça, mais tu n'es pas facile à joindre en ce moment...

Oh ! Il avait essayé de m'appeler. Pourquoi ?

— Pas de souci. Tu veux t'asseoir ?

Il a lancé un regard hésitant à la chaise libre puis s'est avancé.

— Qu'est-ce que tu fais ici ? Tu voulais me parler ?

Ethan s'est assis sur le bord de la chaise. Son air grave m'inquiétait. Si c'était au sujet de Sawyer, je n'étais pas prête à l'entendre.

— Tu, euh, profites bien de tes vacances ? a-t-il demandé.

— Oui, mais je suppose que tu n'as pas fait tout ce chemin pour savoir si je passe de bonnes vacances.

Il a ri et a secoué la tête.

— Non, en effet.

— C'est bien ce que je pensais. Crache le morceau, Ethan.

— C'est à propos de Sawyer...

— Je m'en fiche. Tais-toi. Je retire ce que j'ai dit. Je ne veux pas savoir pourquoi tu es là. (J'ai attrapé mon sac et ai commencé à me lever.) Si tu es venu pour parler du beau temps et boire un des cocktails maison de Jewel, tu es plus que bienvenu. Mais je ne parlerai pas de Sawyer.

— Attends. Ne t'en va pas, s'il te plaît.

Il s'est levé à son tour.

— Tu vas encore me parler de Sawyer ?

Ses épaules se sont affaissées. Il a secoué la tête.

Nous sommes restés silencieux un moment. Il avait l'air préoccupé, et j'ai bien failli lui demander des nouvelles de Sawyer. Mais j'avais trop peur qu'il me dise quelque chose que je ne voulais pas entendre. Je me suis rassise. Ethan m'a imitée.

— Quand pars-tu pour la fac ? ai-je demandé pour penser à autre chose.

— Le mois prochain. Et toi ?

Je détestais devoir l'admettre. Mais il était temps d'affronter cette réalité.

— Je ne sais pas trop. Mon père n'a plus les moyens de m'aider, alors j'ai dû changer mes plans. Je vais sûrement rester à Alpharetta, trouver un job pour mettre un peu d'argent de côté et réfléchir à ce que je ferai après. Mais j'ai encore le temps.

Je ne parvenais pas à dissimuler mon aigreur.

— Je suis désolé, Lana. J'ai toujours pensé que tu irais dans une grande université.

— Non. Je n'irai pas.

Je n'avais pas choisi mon université selon les bons critères. Dommage pour moi.

— Tu as parlé à Ash ?

— Je ne veux pas parler d'elle non plus, si ça ne t'ennuie pas. Et la réponse est non.

Il était déterminé à me parler de Sawyer. Voulait-il savoir si la voie était libre pour me demander de sortir avec lui ? La première fois ne lui avait pas suffi ?

— Beau ne l'a pas trompée, a-t-il lâché de but en blanc.

Pourquoi cette nouvelle me blessait-elle autant ? Le fait que Sawyer se soit à nouveau fait jeter pour Beau n'aurait pas dû m'atteindre. Parce que, si Beau n'avait pas trompé Ashton, ils étaient toujours ensemble. Elle était folle de lui. Pourquoi, pourquoi, *pourquoi* ?

Peu importait. Si ce n'était pas pour cette fois, ce serait pour la prochaine, ou celle d'après, ou encore celle d'après, et chaque fois Sawyer retournerait auprès d'elle, le cœur rempli d'espoir, et il briserait le mien au passage.

— Ne parlons pas de Beau non plus, d'accord ? En fait, ne parlons de personne de Grove à part toi, ai-je déclaré d'un ton sévère, regrettant aussitôt mon attitude.

Ethan n'y était pour rien.

— J'ai pensé que tu aimerais le savoir.

— Ça m'est égal. J'ai tiré un trait sur lui.

— Tu sais, parfois les choses ne sont pas toujours ce qu'elles semblent être..., a-t-il commencé.

J'ai levé la main pour l'arrêter.

— Stop. Je ne sais pas pourquoi tu es là. Mais si Sawyer ou Ashton t'ont missionné pour venir plaider leur cause, tu peux partir tout de suite.

Ethan a poussé un long soupir.

— Personne ne sait où tu es. J'ai gardé ton secret. Mais je tenais à venir t'expliquer une ou deux choses les concernant.

— Pourquoi ? Si je me souviens bien, tu t'intéressais encore à moi il n'y a pas si longtemps ? Et Sawyer m'a draguée juste sous ton nez, je me trompe ?

Il a laissé échapper un rire sans joie et a secoué la tête.

— Non, tu as raison.

— Dans ce cas, pourquoi voudrais-tu arranger les choses pour lui ?

— Parce que c'est mon ami, a répondu Ethan. Et toi aussi.

Il était vraiment gentil. Mais il ne savait pas dans quoi il s'était embarqué. Il n'y avait rien à faire pour arranger les choses.

— Eh bien, tu devrais changer d'amis, ai-je marmonné.

— Sawyer n'a jamais branché une fille à laquelle un de ses potes s'intéressait. Quand il l'a fait avec toi, je n'ai pas apprécié, mais je savais qu'il se passait un truc. C'était différent. Je ne sais pas ce que tu lui as fait, mais il ne s'est jamais comporté avec une fille comme il l'a fait avec toi.

— Il voulait se servir de moi pour récupérer Ashton, ai-je fait remarquer d'un ton amer.

— Au début, peut-être. C'est ce que j'ai pensé, moi aussi. Mais je *sais* que ça a changé ensuite. Tu es devenue davantage pour lui.

— Peu importe, ça ne change rien. Personne ne pourra jamais rivaliser avec elle.

Je sentais les larmes me monter aux yeux. Je ne devais pas craquer. J'en avais assez de pleurer.

— Ce n'est pas une compétition, Lana, a-t-il dit doucement.

— Va-t'en, Ethan. S'il te plaît.

J'ai détourné la tête et fermé les yeux. Je ne voulais pas qu'il me voie pleurer. Après un moment de silence, je l'ai entendu se lever et s'éloigner.

Les larmes ont roulé sur mes joues tandis que les mots « ce n'est pas une compétition » repassaient en boucle dans ma tête.

Sawyer

J'étais rentré depuis une heure à peine que Beau m'avait déjà appelé. Il m'avait demandé de le rejoindre au bar pour faire un billard. J'avais essayé de lui dire que tout ce que je voulais était prendre une douche chaude, deux aspirines et me mettre au lit, il ne m'en a pas laissé le temps. Lui aussi s'était entraîné toute la semaine, comment tenait-il encore debout ? Et Ashton ? Ne voulait-il pas passer un peu de temps avec elle ?

J'ai parcouru le parking du regard, cherchant son pick-up, que j'ai trouvé garé sur le côté du bâtiment. La Jeep d'Ethan était là aussi. Je devais m'excuser pour la dernière fois. Je suis sorti de la voiture et me suis dirigé vers l'entrée.

— Tiens donc ! Ne serait-ce pas mon neveu préféré ? s'est exclamée tante Honey derrière le comptoir.

— Salut, tante Honey !

— Tu veux une bière ? Tu vas en avoir besoin.

Que voulait-elle dire par là ? J'allais refuser mais, puisque je n'avais pas eu ma douche et mes aspirines, une bière ferait l'affaire.

— Bien sûr. Merci.

— Va retrouver les garçons. Je te l'amène.

Beau était appuyé contre la table de billard, une chope de bière à la main. L'expression de son visage suggérait qu'il ne m'avait pas invité dans le simple but de faire une partie. J'étais là pour une autre raison. J'ai glissé ma main dans ma poche et ai effleuré la lettre de Lana. Me souvenir de ses mots m'aidait à tenir le coup. S'il s'agissait d'une mauvaise nouvelle, je devrais me rappeler qu'elle était là, quelque part, et qu'elle m'aimait.

— Que se passe-t-il, Beau ? ai-je demandé.

— J'ai des infos pour toi. Mais il va falloir que tu restes calme si tu veux les entendre.

Je me suis figé. Mon cœur s'est accéléré.

— Lana ?

— Oui. Lana.

— Tu sais où elle est ?

— Oui, je le sais. Mais ce n'est pas à moi de te le dire.

Beau s'est tourné vers Ethan, qui se tenait un peu plus loin.

— Vas-y, Ethan, dis-lui avant qu'il pète les plombs.

Ethan nous a regardés à tour de rôle, l'air soudain paniqué.

— Qu'est-ce que tu sais ? ai-je fait en fonçant sur lui.

La main de Beau s'est écrasée sur mon épaule.

— C'est pas en t'énervant que tu obtiendras des réponses.

Mon sang a commencé à bouillonner dans mes veines. J'avais du mal à me contrôler, à l'idée qu'Ethan ait joué un rôle dans la disparition de Lana.

— Vas-y, Ethan, parle, a commandé Beau d'un ton pressant.

— OK, OK. Bon, euh, Sawyer. J'ai reçu un appel de Lana…

— Quoi ? ! Pourquoi elle t'a appelé ?

J'ai fait un pas vers lui. Il a reculé.

— Elle m'a appelé le jour où Ash a cru que Beau l'avait trompée. Elle m'a appelé pour me demander un service. Elle a dit qu'elle ne pouvait pas rester ici et qu'elle avait besoin de mon aide. Je suis venu la chercher et...

— *Où est-elle ?*

Beau a empoigné mes deux épaules.

— Doucement, vieux.

Tante Honey s'est plantée devant moi et m'a collé une chope de bière entre les mains.

— Seigneur ! Calme-toi, mon garçon. Bois un coup, ça va te détendre. La demoiselle va bien. Et si tu laissais un peu parler ce pauvre garçon, tu saurais déjà où elle est. Prends ça, ça t'occupera les mains.

— C'est bon, m'man, je m'en occupe, a dit Beau derrière moi.

J'ai posé ma bière sur le bord de la table de billard, les yeux toujours rivés sur Ethan. Il savait où elle était. *Il savait où elle était.*

— Je l'ai emmenée là où son amie passe l'été.

Non. C'était impossible. J'avais appelé Jewel... Minute. Il l'avait emmenée là-bas ?

— Tu es sûr ? Tu as vu Jewel ? ai-je demandé en espérant m'être fait avoir par son imbécile de copine.

— Oui. C'est elle qui nous a accueillis. Elle était tout excitée de la revoir. Ensuite, j'y suis retourné...

Une vague de jalousie m'a submergé. Je me suis débarrassé de Beau et me suis dressé face à Ethan.

— *Qu'est-ce que tu veux dire, tu y es retourné ?!*

— Il n'a pas terminé, a grondé Beau en me tirant en arrière.

Ethan s'est essuyé le front et a avalé sa salive de travers.

— Écoute, mec, je ne savais pas. Je pensais que tu étais passé à autre chose. Je ne savais pas ce que tu ressentais pour Lana. Quand je suis venu chez toi pour te parler d'elle, la dernière fois, j'ai compris que tu l'aimais, alors j'y suis retourné. Je voulais arranger les choses. Mais elle n'a pas voulu m'écouter. Elle ne voulait même pas entendre ton prénom.

— Elle était là-bas ?

J'avais besoin de savoir. Il fallait que je la retrouve.

— Elle y est toujours. Résidence Kiva Dunes. Appartement 103.

Je me suis précipité vers la porte. C'est alors que les paroles de Jewel me sont revenues à l'esprit : « En attendant, tu pourrais venir me rendre visite. J'ai de quoi te faire vraiment plaisir. Je suis à la résidence Kiva Dunes, sur West Beach. Rez-de-chaussée. Numéro 103. Ma chambre fait le coin et donne sur l'océan... » Cette folle n'était pas si folle que ça, finalement. J'étais prêt à parier qu'il s'agissait de la chambre de Lana. Elle m'avait guidé droit vers elle. Beau avait raison. Lana avait de bonnes raisons d'être amie avec elle. Jewel était une menteuse hors pair, et j'étais tombé dans le panneau. Elle jouait à merveille la blonde écervelée.

Mes mains tremblaient quand je les ai posées sur le volant de ma voiture. Je savais où était Lana. Et j'allais la convaincre que je l'aimais.

23

Lana

Je n'avais pas envie de rester enfermée dans ma chambre une soirée de plus. Mais je n'étais pas non plus d'humeur à me mêler à tous ces gens. J'ai fermé ma porte à clé et suis sortie par la baie vitrée. Il n'était pas question que des inconnus batifolent dans mon lit en mon absence. J'espérais simplement qu'ils ne penseraient pas à entrer par la porte-fenêtre mais, après avoir passé ces deux dernières semaines à les empêcher d'occuper ma chambre, les gens avaient compris qu'elle était zone interdite.

J'ai gagné la plage après m'être assurée que la voie était libre. J'allais faire une longue balade, respirer l'air marin et rentrer me coucher. J'avais besoin de me dégourdir les jambes. J'ai commencé à courir. Lentement d'abord, puis plus vite, comme si je voulais fuir les souvenirs qui revenaient me hanter chaque fois que je baissais la garde. Je courais jusqu'à en perdre haleine pour les chasser. Les larmes coulaient sur mes joues tandis que je les rejetais. L'une après l'autre.

Sawyer

Cet endroit ressemblait à une résidence pour étudiants un soir de fête. Je n'aimais pas ça du tout. Je me suis dirigé vers le numéro 103 tandis que me parvenait une musique sourde. Au balcon du deuxième étage, trois filles en bikini m'ont crié ce qu'elles allaient me faire si j'osais les rejoindre. J'ai haussé les épaules et ai poursuivi mon chemin vers la chambre dont m'avait parlé Jewel...

À l'angle du bâtiment, je suis tombé sur la fenêtre qui faisait face à l'océan. Les autres donnaient toutes sur la piscine. Ce devait être la chambre de Lana. J'ai frappé à la fenêtre. Pas de réponse. Les lumières étaient éteintes. Faisait-elle la fête avec les autres ? J'ai poussé la baie vitrée, qui n'était pas verrouillée. Pas très malin, Lana. Ne savait-elle pas qu'il était dangereux de laisser une porte-fenêtre ouverte ?

J'ai poussé la baie à fond et suis entré dans la chambre. L'odeur délicate de son parfum m'a accueilli. Jewel m'avait bel et bien indiqué où se trouvait Lana et je n'avais rien capté. La chambre était vide. J'ai jeté un œil sur la porte et vu qu'elle était fermée à clé. Elle avait dû sortir par la fenêtre. Elle n'était pas à cette fête.

Elle allait rentrer. Je n'avais qu'à l'attendre. J'étais tout près du but.

Lana

Mes larmes s'étaient enfin taries quand je suis rentrée à la résidence. J'avais couru pendant une heure. Mes poumons étaient en feu, et mes jambes, en compote. Je n'avais pas l'habitude de faire de l'exercice.

J'ai poussé la baie vitrée et suis entrée dans ma chambre. Quelqu'un était assis sur mon lit. Évidemment, j'ai crié.

— Lana, c'est moi !

Sawyer... Sawyer était ici.

Je suis restée là, figée, à me demander si je n'étais pas en train de rêver.

— Je ne voulais pas te faire peur. Je suis désolé.

Les mots « je suis désolé » m'ont tirée de mon état de choc et je me suis précipitée vers la porte.

— Lana, attends ! Écoute-moi, s'il te plaît. Ne t'en va pas. Tu ne sais pas ce...

— Je ne sais pas ? Moi ? Oh si, je sais. Je sais très bien. Et je veux que tu partes, tu m'entends ? Va-t'en !

— Lana, s'il te plaît ! a supplié Sawyer.

Il s'est approché d'un pas hésitant. J'ai fermé les yeux et ai croisé les bras sur ma poitrine. Je ne devais pas me laisser attendrir par son ton suppliant.

— Si tu as éprouvé ne serait-ce qu'une once de sentiment pour moi, pars et oublie-moi.

Il n'a pas répondu. J'étais déchirée entre la joie qu'il soit parti et me prouve ainsi qu'il éprouvait de l'attachement pour moi, si infime soit-il, le soulagement qu'il ne soit plus là pour me voir m'effondrer et le désespoir – parce que le voir ici m'avait brisée en mille morceaux.

J'ai entendu un froissement et j'ai ouvert les yeux, pour découvrir Sawyer, toujours au même endroit, en train de déplier une feuille de papier abîmée. Il a commencé à lire :

J'ai commis l'erreur d'ouvrir mon cœur à quelqu'un qui ne m'ouvrira jamais le sien. Je savais que Sawyer t'aimait. Je le sais depuis toujours. Je pensais pouvoir me contenter d'un flirt. Mais je ne peux pas.

Mon cœur allait exploser dans ma poitrine. Il avait la lettre que j'avais laissée à Ashton. Mon Dieu !

Il a levé les yeux vers moi. Son regard était empli de tristesse, mais pas seulement…

— J'ai aimé Ashton, autrefois. C'était mon amour d'enfance. Je n'avais connu qu'elle. Mais quand elle m'a quitté, je n'ai pas versé une larme. Quand tu es partie, j'ai pleuré comme un bébé.

J'ai arrêté de respirer quand il a repris sa lecture :

J'ai grandi avec des parents qui n'ont jamais fait attention à moi. Ils ne se sont jamais souciés de ce que je pouvais ressentir. C'est peut-être ma faute après tout, je devrais m'exprimer davantage. Mais j'ai tout gardé pour moi. Je voulais être forte parce que je savais qu'ils étaient faibles. Je suis fatiguée d'être forte. Je suis fatiguée de toujours passer après les autres. J'ai besoin que quelqu'un m'aime.

Il s'est interrompu pour me regarder à nouveau.

— Tu ne devrais jamais, *jamais*, passer après les autres. Ceux qui ne voient pas à quel point tu es merveilleuse sont des imbéciles.

Il a continué de lire :

Je ne peux pas rester à Grove. Je n'en ai pas la force. J'ai trop souvent souffert. Je ne peux pas rester près de quelqu'un qui... finira peut-être par me détruire.

Ses yeux verts ont plongé dans les miens. Les larmes qui s'y étaient formées m'ont coupé le souffle.

— Si je te perds parce que je me suis comporté comme un idiot, c'est moi qui serai détruit.

Il a repris :

Tu avais le bon Vincent depuis le début. Il t'aime comme j'aimerais un jour être aimée. Il ferait n'importe quoi pour toi. Quand quelqu'un d'aussi spécial, d'aussi extraordinaire vous aime, il ne faut pas le laisser partir. Sawyer mérite que l'on se batte pour lui. C'est lui, le bon.

Sawyer a replié délicatement la lettre comme s'il s'agissait de quelque chose de précieux.

— Ashton n'avait pas le bon Vincent. Je le sais, maintenant, parce que je sais à quoi ressemble le vrai amour. Le genre qui vous consume de l'intérieur. L'amour a le pouvoir de vous briser, mais aussi de faire apparaître la personne que vous êtes vraiment. Quand j'ai lu cette lettre, je venais d'arranger les choses entre Ashton et Beau, car c'était ce que je voulais. Parce qu'ils sont faits l'un pour l'autre. Ils l'ont toujours été. Je le sais à présent. Pas parce qu'elle l'a choisi, mais parce que, toi, tu m'as choisi. J'étais perdu jusqu'à ton arrivée. Je pensais faire ma vie avec Ashton. J'avais du mal à renoncer à tout ce que notre relation représentait. Puis tu es entrée dans ma vie et tout s'est éclairé. Grâce à toi, tout a pris sens. (Il s'est approché, et j'ai réprimé l'envie de me jeter dans ses bras.) Lana, je pense à toi à chaque minute de chaque jour. Quand je suis avec toi, je sens que je suis enfin moi-même. Quand je te touche, je sais ce qu'est vraiment l'amour. Quand je t'ai perdue, je me suis effondré. Je suis à toi.

Une larme a roulé sur ma joue pour finir sa course sur mon menton. Ce n'était pas suffisant.

Cette fois, j'avais besoin de plus.

Sawyer a pris ma main et m'a attirée contre lui. Je voulais me blottir dans ses bras, mais je n'y arrivais pas.

— Je t'aime, Lana. Comme un fou. J'aime tout de toi. Tes lèvres quand tu souris, tes taches de rousseur, la vague de chaleur qui m'envahit chaque fois que j'entends ton rire, le frisson envoûtant que provoquent tes caresses… Je t'aime, et je passerai le reste de ma vie à te le prouver. Jamais plus tu ne passeras après les autres. Je ferai toujours de toi ma priorité.

Voilà. Ça, ça me suffisait. C'était tout ce que j'avais toujours voulu entendre.

24

Lana

C*razy Girl* d'Eli Young Band m'a tirée du sommeil. Je me suis étirée et Sawyer a resserré son étreinte autour de ma taille. « *Crazy girl, don't you know that I love you ?* » continuait de résonner dans la chambre tandis que Sawyer attrapait mon téléphone.

— Pourquoi mon téléphone est-il allumé et pourquoi joue-t-il de la musique country ? ai-je demandé d'une voix endormie.

Sawyer a regardé l'écran, puis moi.

— C'est ta mère. Tu devrais répondre, sinon elle va s'inquiéter.

Ma bouche s'est ouverte en grand.

— Ma mère ? Mais…

— C'est moi qui ai rallumé ton téléphone, hier. J'avais du mal à me calmer après t'avoir retrouvée. J'ai changé ta sonnerie pour mettre une chanson qui me faisait penser à toi.

Il s'est approché de moi et a chanté contre mes lèvres « *Have I told you lately ? I love you like crazy, girl* » en même temps que mon téléphone. Je ne pouvais pas être fâchée contre lui. C'était adorable. Même si désormais ma mère pouvait me joindre.

J'ai soupiré avant de décrocher.

— Bonjour, maman.

— Oh, Lana, tu as rallumé ton téléphone ! Je suis si contente. Ça veut dire que tu rentres à la maison ? J'ai tellement hâte de te revoir.

— Non, je ne rentre pas. En tout cas, pas tout de suite.

J'ai croisé le regard de Sawyer, me demandant ce que j'allais faire. J'ignorais quel accueil ma tante allait me réserver alors que je m'étais enfuie sans rien dire.

— Pourquoi fais-tu ça, Lana ? C'est à cause de Sawyer ? Parce que je peux te dire que…

— Non, maman, ce n'est pas à cause de Sawyer. (J'ai passé ma main dans ses cheveux ébouriffés.) Il est le garçon idéal. C'est juste que je ne sais pas encore ce que je vais faire du reste de mes vacances.

Sawyer a froncé les sourcils, puis m'a serrée dans ses bras comme si j'allais m'évaporer dans les airs.

— Une minute, tu viens de dire que Sawyer était le garçon idéal ? Je pensais que tu étais fâchée contre lui ? Enfin, cela dit, tu as raison, c'est un jeune homme charmant. J'ai beaucoup parlé avec lui, ces derniers temps, et je crois qu'il t'aime vraiment. Il est si malheureux. Il m'appelle sans arrêt pour avoir de tes nouvelles, même s'il sait que je lui téléphone chaque fois que j'ai réussi à te joindre pour lui raconter ce que tu m'as dit et lui dire que tu vas bien. Oh, non ! Je n'aurais pas dû te dire ça. Ne sois pas fâchée contre moi, ma chérie. Il était si inquiet !

Je l'ai regardé et ai souri.

— Je comprends. Il peut être très persuasif.

— Tu es bien tombée, Lana. Sa famille est riche et lui aussi va faire ses études en Floride. J'ai été tellement surprise quand il me l'a dit ! C'est parfait !

— Non, maman, ce n'est pas parfait. Papa ne va pas pouvoir m'aider.

J'avais toujours autant de mal à en parler.

— Ne dis pas de bêtises. Bien sûr qu'il va t'aider. C'est à ça que sert une pension alimentaire. Je vais également vendre la maison pour en prendre une plus petite. Celle-ci est bien trop grande pour moi toute seule.

— Maman, non ! Tu adores cette maison, et je ne crois pas que tu réalises ce que ça va nous coûter, entre les livres, les dépenses quotidiennes, les…

— Je ne suis pas idiote, Lana. J'ai eu le temps d'étudier tout ça pendant ton absence. D'ailleurs, j'ai déjà réglé ton premier semestre. J'attends ton retour pour qu'on aille acheter ensemble ce dont tu auras besoin pour ta chambre d'étudiante.

— Lana ? Qu'est-ce qui ne va pas ? a demandé Sawyer en se redressant brusquement.

Les paroles de ma mère m'avaient fait monter les larmes aux yeux.

— Est-ce que c'est Sawyer ? Tu es rentrée à Grove ?

— Oui, c'est Sawyer. Il m'a retrouvée.

— Il t'a retrouvée ? Où ? Comment ?

— Je suis avec Jewel. Et, franchement, je ne sais pas comment il a fait. À moins que…

Je me suis interrompue. Je n'avais pas envie d'expliquer tout ça à ma mère. Du moins pas à ce moment. Si je commençais, elle voudrait tout savoir dans les moindres détails. J'avais ma petite idée sur l'identité de celui qui m'avait vendue. Ethan était le seul à Grove à savoir où j'étais.

— Écoute, maman, je te rappelle plus tard. Je dois réfléchir à ce que je vais faire et parler à Sawyer, mais je te tiens au courant, d'accord ? Je t'aime. Et merci.

— Je t'aime aussi, Lana.

J'ai posé mon téléphone et me suis étendue contre Sawyer.

— Alors, dis-moi, qu'est-ce que tu as fait pour tirer les vers du nez à Ethan ? Il est toujours en vie ?

Il a ri.

— Oui, il respire toujours. À vrai dire, je ne l'ai même pas touché. J'ai foncé ici dès que j'ai su où tu étais, je n'avais pas de temps à perdre.

— D'accord, mais ça ne m'explique pas comment tu t'y es pris pour qu'il te révèle où j'étais.

J'ai fait glisser mes mains sur son torse. Le contact de sa peau m'avait tellement manqué.

— Il me l'a dit, c'est tout, a-t-il répondu d'une voix rauque en suivant du regard mes doigts qui traçaient des cercles sur son torse musclé.

— Il devait se sentir coupable, ai-je murmuré avant d'embrasser un bleu qui s'était formé sur ses côtes. Ce sont ces grands méchants footballeurs qui t'ont fait ça ?

— Hum-humm. Je peux t'en montrer d'autres si tu veux.

Il a poussé un long soupir.

— Humm, d'accord. Laisse-moi m'occuper de ceux-là et j'examinerai les autres après.

— Prends ton temps, a-t-il soufflé avant de glisser ses mains sur mes hanches.

— Tu ne m'as toujours pas dit comment tu avais fait pour faire parler Ethan, lui ai-je rappelé tandis que mes lèvres parcouraient sa poitrine jusqu'à son ventre.

Il s'est cambré et sa respiration s'est accélérée.

— Oooh, bébé ! Qui est Ethan ?

J'ai relevé la tête, et ai surpris son regard fasciné.

— Tu te souviens, Ethan, ton ami qui m'a balancée ? l'ai-je taquiné avant d'effleurer sa peau avec ma langue.

— Nom de Dieu…

Ses doigts se sont enfoncés dans mes cheveux et j'ai décidé d'oublier Ethan. C'était bien plus captivant de voir le garçon dont j'étais amoureuse s'abandonner entre mes bras. J'ai glissé un doigt sous son boxer et ai chuchoté à son oreille.

— Il y a d'autres bobos, là-dessous, dont je devrais m'occuper ?

— Oh, oui ! Des tas !

Sawyer

— Papa ?

Je suis entré après avoir frappé à la porte. Il était assis derrière l'immense bureau en acajou que maman et lui avaient rapporté d'un de leurs voyages.

— Sawyer, a-t-il répondu en levant les yeux de ses papiers. Comment s'est passée ta semaine d'entraînement ?

— Bien. Je vais beaucoup apprendre, cette année. C'est une bonne équipe.

Papa a acquiescé.

— Pour Beau aussi, ça s'est bien passé. Ils l'ont mis sur la ligne offensive.

Cela me rendait dingue qu'il ne demande jamais de nouvelles de son autre fils. Celui dont il ne s'était jamais occupé.

Il a froncé les sourcils et a replongé son nez dans ses papiers.

— Tant mieux. Ton cousin a toujours été un excellent receveur.

— Beau n'est pas mon cousin. C'est mon frère.

Je n'avais jamais forcé mon père à l'admettre. J'étais tellement furieux contre Beau, après ce qui s'était passé avec Ashton, que j'avais mis cette histoire de côté. Si Beau ne voulait pas en parler, alors pourquoi le ferais-je ? Mais ce n'était pas juste. Le mensonge dans lequel mon père vivait, ce n'était pas juste.

Il s'est éclairci la gorge et a enlevé ses lunettes pour me regarder droit dans les yeux.

— Tu veux qu'on en parle ? C'est pour ça que tu es là ?

— Oui, je veux qu'on en parle, ai-je répliqué.

— Beau est peut-être mon fils biologique, mais je ne l'ai pas élevé. Je n'ai pas aimé sa mère. Ton oncle, oui. Pas moi. Je ne considère pas Beau comme mon fils. C'est mon neveu.

— Non. C'est *ton fils*. Son père est mort quand Beau avait six ans. Ça fait plus de douze ans qu'il a besoin d'un père, un vrai, et tu n'as jamais rien fait pour lui. Tu ne t'es jamais soucié de lui. Pas une seule fois, tu lui as dit que tu étais fier de lui.

— Fier de lui ? Pourquoi ? Parce que c'est un raté ? Parce qu'il se rend à ses entraînements avec la gueule de bois ? Parce qu'il passe son temps dans les bars, hein ? S'il te plaît, dis-moi pourquoi je devrais être fier de lui ?

J'ai serré les poings et ai pris une grande inspiration. J'étais à deux doigts d'envoyer un crochet du droit à mon père.

— Il a grandi avec tante Honey. Elle ne s'est jamais occupée de lui. S'il avait grandi ailleurs que dans un mobil-home, entouré de gens qui dealent, il s'en serait peut-être mieux sorti. Mais ce n'est pas le cas. Il a commis des erreurs. Il a dû apprendre à vivre par ses propres moyens. Il a tout appris par lui-même.

J'ai pointé un doigt vers mon père et ai grondé :

— Parce que *tu n'étais pas là* ! Beau s'en est sorti sans l'aide de personne. Il a décroché une bourse pour l'université d'Alabama, nom d'un chien ! Il s'est acheté son pick-up tout seul, avec son argent. Il prend soin de sa mère, même si elle ne le mérite pas. Pourquoi ? Parce qu'il l'aime. Elle est tout ce qu'il a. Et malgré tout ce qui lui est arrivé, il a réussi à devenir quelqu'un de bien. Je suis fier d'avoir un frère comme lui, alors que, *toi*, tu n'as jamais levé le petit doigt pour lui. *Jamais*, ai-je achevé en me dirigeant brusquement vers la porte de son bureau.

Je ne pouvais pas rester là. Pas sous son toit. Pas avec lui.

— Tu as raison, a commencé mon père.

Je me suis arrêté, et je me suis retourné lentement pour le regarder.

— Je n'ai pas été là. Je l'ai laissé se débrouiller seul. J'avais peur que ta mère apprenne la vérité. J'avais peur que toute la ville l'apprenne. Je ne voulais pas perdre ce que j'avais passé ma vie à construire. Mais il y a une chose sur laquelle tu te trompes. Je me suis soucié de lui. Pourquoi crois-tu que je te laissais filer la nuit pour aller le tirer des ennuis ou lui tenir compagnie quand il était seul ? Tu penses vraiment que tu étais très doué pour filer en douce ? Non. Je te suivais chaque fois. Je vous observais, tous les deux. J'étais toujours là, et j'étais heureux que tu sois présent pour lui alors que, moi, je ne l'étais pas. Je ne suis pas fier de moi, Sawyer. Je vais devoir vivre avec ce remords le reste de ma vie. Mais je *suis* fier de Beau. Il est devenu l'homme que j'ai toujours souhaité le voir devenir. Il est plus fort que toi en raison de tout ce qu'il a vécu. Plus impulsif aussi. Mais c'est un bon garçon.

Mon père a ouvert le tiroir de son bureau qu'il gardait toujours fermé à clé pour en sortir un grand album photo.

— Regarde ça.

Je me suis approché, j'ai soulevé la couverture de cuir marron et ai découvert des photos de Beau bébé. Des photos de nous deux. Avec nos casques de football trop grands pour nos têtes. Chaque page contenait des souvenirs de la vie de Beau.

Les articles de journaux dans lesquels son nom apparaissait étaient soigneusement rangés au milieu des photos. Sur la dernière page, j'ai vu une photo de Beau en tenue de receveur, prise sur le terrain du Bryant-Denny Stadium lors de sa première semaine d'entraînement. J'ai levé les yeux vers mon père et ai vu un homme que je ne connaissais pas.

— J'ai assisté à vos entraînements, la semaine dernière. Vous m'avez tous les deux rendu très fier de vous.

Je n'arrivais pas à y croire. J'ai secoué la tête et me suis assis.

— Pourquoi ne prends-tu pas contact avec lui ? Si tu as gardé tout ça, ça veut dire que tu l'aimes. Que tu t'inquiètes pour lui. Pourquoi restes-tu sans rien faire ? Il a besoin de toi, lui aussi.

— Il me déteste, et je ne peux pas lui en vouloir, a déclaré papa en prenant l'album pour le ranger.

— Ça, oui, il te déteste ! Tu es son père et il est convaincu que tu n'en as rien à faire de lui.

— Tu connais Beau. Mieux que quiconque. Crois-tu vraiment qu'il m'écoutera ? Qu'il me pardonnera ?

— Papa, il n'a pas à te pardonner. Il n'a pas à t'aimer. Mais il a besoin de savoir que, *toi,* tu l'aimes. Que tu es fier de lui. Tout ce que tu as à faire, c'est le lui dire. Peu importe comment il le prendra. Ce qui compte, c'est qu'il le sache. Ce qui compte, c'est que tu lui dises.

Nous sommes restés silencieux. Il n'y avait plus rien à dire.

25

Lana

Ma mère était assise dans le fauteuil de tante Sarah, une tasse de thé à la main, lorsque Sawyer et moi sommes entrés dans le salon.

— Maman ?

Mon oncle et ma tante m'avaient accueillie à bras ouverts sans me poser la moindre question. Ils s'étaient simplement réjouis de me voir rentrer saine et sauve.

— Lana ! (Ma mère m'a souri avant de se tourner vers Sawyer.) Bonjour, Sawyer.

— Bonjour, madame McDaniel, a-t-il poliment répondu.

— Je ne savais pas que tu devais venir, ai-je dit, curieuse de savoir ce qu'elle faisait ici.

— J'ai reçu des papiers qu'il faut que tu signes, et j'ai pensé qu'on pourrait en profiter pour aller faire un peu de shopping pour ta future chambre, a-t-elle expliqué.

Je n'avais pas encore parlé de la Floride à Sawyer. J'avais peur que ma mère se soit montrée trop optimiste.

— Oh, euh, d'accord…

Je me suis interrompue pour réfléchir à un moyen de faire sortir Sawyer d'ici avant que ma mère n'en dise plus.

— Ça vous ennuie si je me joins à vous ? a proposé Sawyer d'une voix amusée en s'asseyant dans le fauteuil de mon oncle. Lana m'a aidé à acheter ce dont j'avais besoin pour ma chambre, le moins que je puisse faire, c'est de l'aider à mon tour.

— Comme c'est adorable ! Bien sûr ! s'est enthousiasmée ma mère.

Comment allais-je me sortir de là ?

— Maman, il faudrait d'abord être certain que tout est réglé avant d'acheter quoi que ce soit. Je veux dire, il se peut encore que je ne puisse pas y aller et que je sois obligée de rester à Alpharetta. Comment va-t-on faire si tu n'arrives pas à vendre la maison ?

Sawyer s'est redressé dans son fauteuil.

— Qu'est-ce qui pourrait t'en empêcher ? Je croyais que c'était réglé ?

Il venait de s'adresser à ma mère comme s'il savait de quoi il parlait.

— Sawyer…, ai-je commencé, mais ma mère m'a coupée.

— Ça l'est, Sawyer, a-t-elle répondu d'un ton rassurant. Lana, la maison est vendue. J'ai récupéré assez d'argent pour payer tes quatre années d'études et m'acheter une petite maison près d'ici. Comme ça, quand tu m'auras quittée pour aller en Floride, je serai plus près de ma sœur si j'ai besoin de compagnie.

Elle avait mentionné la Floride. Sawyer allait-il penser que j'allais le suivre à la trace ? Que j'allais le coller jusqu'à l'étouffer ? J'ai grimacé et me suis efforcée de croiser son regard. Il m'a adressé un sourire radieux et s'est levé pour me prendre dans ses bras.

— Tu crois vraiment que j'aurais été si enthousiaste à l'idée d'aller à la fac si je pensais devoir abandonner ma copine derrière moi ? a-t-il chuchoté à mon oreille.

— Tu savais !

J'ai poussé un soupir de soulagement.

— Oui, je savais. Et si tu essayes de te dérober, je te kidnapperai et te traînerai avec moi en Floride, m'a-t-il taquinée avant de couvrir mon visage de baisers. Je ne te perdrai pas une deuxième fois. On est ensemble, maintenant. Je veux que tu sois avec moi. Pour toujours.

Beau

Sawyer m'avait lâché... pour une fille. Je n'ai pas pu m'empêcher de sourire. D'habitude, c'était moi qui manquais les entraînements. J'étais content que ce soit lui, pour une fois. J'ignorais pourquoi il avait préféré passer la journée avec Lana et sa *mère*. Cette femme était folle. Sans compter qu'ils allaient faire du shopping ! Ashton ne m'avait jamais demandé d'aller faire du shopping avec elle. Mais si elle l'avait fait, j'y serais allé.

J'ai ralenti à l'approche de la ligne d'arrivée. Je courais depuis plus d'une demi-heure. Il était temps de soulever quelques poids.

J'ai pris ma serviette et ai bu une grande rasade d'eau fraîche.

— Bonjour, Beau.

Cette voix profonde n'était pas celle de quelqu'un que j'aimais. J'ai reposé ma bouteille et me suis tourné vers Harris Vincent, mon « oncle », mon père biologique.

— Sawyer n'est pas là, ai-je répondu en prenant la direction des vestiaires.

— Je ne suis pas là pour voir Sawyer. Je suis là pour te voir.

Je me suis arrêté.

Moi ? Pourquoi voulait-il me voir ? Il m'avait toujours ignoré. Je me suis tourné vers lui.

— Quoi ? me suis-je contenté de répondre.

J'allais rester et écouter ce qu'il avait à dire – pour Sawyer.

— J'ai, hum, vu ton entraînement la semaine dernière. Tu t'en es bien tiré.

Mon entraînement ? De quoi parlait-il ? J'avais passé la semaine à Tuscaloosa[1]. Il devait se tromper.

— Je suis venu te voir. Tu vas assurer, là-bas.

Je me suis approché pour ne pas être obligé de crier.

— Tu es venu me voir au Bryant-Denny Stadium ? Pour quoi faire ?

Cet homme n'était même pas venu à l'hôpital le jour où je m'étais cassé la clavicule en équipe junior. Il ne faisait pas exactement partie de ma vie.

— Je voulais assister aux entraînements de mes deux fils.

1. L'université d'Alabama (tout comme le Bryant-Denny Stadium, qui lui appartient) se situe dans la ville de Tuscaloosa.

Je me suis figé sur place. Il m'avait appelé son « fils ». J'ai commencé à secouer la tête.

— Non. Tu n'as pas le droit de faire ça. Je, ne, suis, pas, ton, fils.

Je devais m'éloigner de cet homme. C'était le père de Sawyer ; je ne voulais pas le blesser. Mais qu'il ne s'avise plus de m'appeler *son fils*.

— Tu es mon fils. Je ne te mérite pas, mais tu es bel et bien de moi. Tu peux me renier. Tu peux me détester. Tu en as le droit.

— Un peu que j'en ai le droit ! ai-je rugi.

— Ça ne change rien au fait que je suis fier de l'homme que tu es devenu. Sans avoir reçu le moindre soutien de ma part, qui plus est.

Je devais aspirer de grandes bouffées d'air pour me calmer. À quoi jouait-il ?

— Fier de moi ? Pourquoi ? Parce que je ne me débrouille pas trop mal au football ? Parce que je joue dans la même équipe que toi avant ? Tout ça, c'est des conneries !

Harris a secoué la tête.

— Non, pas parce que tu joues dans l'équipe dans laquelle j'ai joué. Même si je dois admettre que ça me touche, ce n'est qu'un court instant dans ta vie. C'est de l'homme que tu es devenu dont je suis fier. Tu as fait des erreurs et tu as longtemps été sur la mauvaise pente, mais tu as eu la force de revenir dans le droit chemin pour faire quelque chose de ta vie. Ce monde voulait faire de toi un vaurien, mais tu t'es montré plus fort que lui. Tu t'es battu pour reprendre ta vie en main, envers et contre tous. Tu as prouvé aux gens de cette ville qu'ils se trompaient sur toi. C'est pour ça, mon garçon, que je suis fier de toi.

J'avais envie de hurler tant la situation me semblait injuste. J'avais eu besoin de cet homme lorsque j'étais jeune et que j'avais peur. Mais à présent ? À présent, je n'avais plus besoin de lui.

— Un homme avisé m'a dit que tu n'avais pas à me pardonner, ni à m'aimer. Mais que tu avais besoin de savoir que je t'aimais et que j'étais fier de toi. Que tout ce que je devais faire était te le dire. Que la façon dont tu le prendrais n'importait pas. Mais qu'il fallait que tu le saches.

Il m'a adressé un bref signe de tête. Le sentiment de défaite que j'ai lu dans son regard quand il s'est éloigné a déclenché quelque chose en moi. J'ignorais ce que c'était, mais, en cet instant, cela n'avait pas d'importance.

— Harris ! ai-je appelé.

Il s'est arrêté et m'a regardé.

— Oui, Beau ?

J'ai dégluti nerveusement. Je ne savais pas quoi dire. Ses paroles n'effaçaient pas le passé.

— Je ne sais pas quoi penser de tout ça. Je ne le saurai peut-être jamais.

J'ai marqué une pause tandis que le souvenir de Harris en train d'enguirlander mon coach depuis les tribunes du stade du lycée me revenait en tête. Il m'avait laissé sur le banc, ce jour-là, parce que j'avais manqué l'entraînement de la veille pour emmener ma mère aux urgences. Le coach m'avait aussitôt envoyé sur le terrain. Chaque fois que j'avais regardé dans les tribunes, Harris était debout, les bras croisés sur sa poitrine, comme s'il veillait sur quelque chose ou quelqu'un.

— Je me souviens d'un match, au lycée, où j'étais sur le banc parce que j'avais raté un entraînement. Le coach et toi vous êtes pris la tête et après ça il m'a fait entrer sur le terrain. (Je me suis interrompu pour scruter son visage.) C'est toi qui l'y as forcé, n'est-ce pas ?

Harris a eu un sourire triste.

— Ce n'était pas ta faute si tu as dû emmener ta mère à l'hôpital. C'était une décision injuste de la part de Madison. Je lui ai fait remarquer que ce n'était pas très judicieux de sa part de laisser son meilleur receveur sur le banc.

Cela ne réparait pas ses erreurs. Mais ça me prouvait que, même si je n'en avais jamais eu conscience, il avait veillé sur moi. Je ne me souvenais plus du nombre de fois où je m'étais retrouvé dans des situations qui semblaient sans issue et dont j'avais réussi à me sortir, comme par enchantement. Était-il intervenu, là aussi ?

— Le coach ne m'a jamais beaucoup aimé, ai-je déclaré.

Harris a levé un sourcil.

— À sa décharge, tu n'étais pas non plus le joueur le plus fiable de l'équipe.

J'ai laissé échapper un rire.

— Pourtant, je joue aussi bien sobre que bourré.

— Je n'en doute pas, a-t-il dit avec un sourire auquel je n'étais pas habitué.

Nous nous sommes observés un moment, comme si nous craignions tous les deux de voir les choses revenir à la normale à la seconde où il partirait.

— Écoute, mon garçon (il s'est éclairci la gorge), ou

Beau, si tu préfères que je t'appelle par ton prénom. Si tu veux aller manger un morceau un de ces jours, ou boire un verre, ou quoi que ce soit… appelle-moi. Je serai là.

Je n'ai rien dit, et il s'est éloigné. J'ai répondu avant qu'il ne soit trop loin.

— Tu peux m'appeler mon garçon, si tu veux.

Épilogue

Quatre ans plus tard…

Sawyer

J'ai ôté mon casque et ai ouvert les bras pour accueillir Lana, qui courait vers moi. Elle portait le maillot de l'équipe de Floride que je lui avais offert avant mon premier match de la saison. Mon nom et mon numéro étaient inscrits au dos.

— Tu l'as fait ! a-t-elle crié en sautant dans mes bras.

Je l'ai serrée contre moi tandis qu'elle couvrait mon visage de baisers et passait ses doigts dans mes cheveux trempés de sueur.

— Je suis tout dégoûtant.

Elle a plongé ses yeux dans les miens, un sourire malicieux sur les lèvres.

— Oh oui !

J'ignorais ce qui l'amusait tant, mais elle semblait sur le point d'éclater de rire. Puis elle a pris mon visage entre ses mains et a pressé ses lèvres contre les miennes, et tout a disparu. Plus rien n'avait d'importance. Il n'y avait plus qu'elle et moi.

— Félicitations, frérot ! a lancé Beau.

J'ai relâché Lana et ai regardé mon frère marcher vers moi. Ashton était avec lui, vêtue d'un maillot bordeaux et blanc identique au sien.

— Merci, vieux. Tu as bien joué. Ton interception dans le troisième quart-temps était hallucinante. J'aurais applaudi si je n'avais pas été dans l'équipe adverse.

Beau a ri et a secoué la tête.

— Je leur avais dit que, même si on vous avait battus ces trois dernières années, le meilleur quaterback de la ligue ferait son entrée cette saison.

Ashton a pris Lana dans ses bras. C'était notre quatrième année à l'université de Floride. Ash et Lana se parlaient plusieurs fois par semaine. Beau et moi nous retrouvions à la maison pendant les vacances pour nous entraîner. Il avait même fêté Noël avec nous, ces deux dernières années. Quand il avait appelé notre père « papa » pour la première fois, j'ai bien cru que mon père allait fondre en larmes.

Cela ne se ferait pas en une nuit mais, peu à peu, mon père et Beau trouvaient le moyen de réparer ce qui avait été brisé.

Beau allait demander Ashton en mariage à la fin de la saison, lors du match de clôture qui verrait l'équipe de Floride et celle d'Alabama s'affronter à nouveau. Il voulait que nos parents soient là, ainsi que tante Honey, lorsque les mots *Veux-tu m'épouser, Ashton Sutley Gray ?* s'afficheraient sur l'écran géant à la dernière minute du match.

Beau avait passé des heures à m'exposer son plan dans les moindres détails. Il voulait que tout soit parfait.

J'ai pris la main de Lana et ai déposé un baiser sur le diamant qui ornait son annulaire gauche. Nos fiançailles n'avaient pas été aussi grandioses que celles que Beau prévoyait, mais elles étaient passées aux infos du soir. Lors de la conférence de presse qui avait suivi mon premier match en tant que nouveau quaterback de l'équipe de Floride, j'avais ignoré les journalistes et leurs micros tendus vers moi pour aller rejoindre Lana. L'assistant du coach avait gardé la bague dans sa poche pendant le match et me l'avait rendue au coup de sifflet final. Elle avait couru vers moi, comme après chaque match mais, cette fois-là, je ne l'avais pas prise dans mes bras. Je m'étais agenouillé devant elle. Je n'oublierai jamais l'expression de son visage et le son de sa voix quand elle m'a dit oui.

Ce n'était plus Beau, Ash et moi contre le reste du monde.

À présent, j'avais Lana. Et, à nous deux, nous formions une équipe invincible.

Composé par Nord Compo Multimédia
7, rue de Fives, 59650 Villeneuve-d'Ascq

Achevé d'imprimer en août 2014
par Normandie Roto Impression s.a.s.
Dépôt légal : septembre 2014
N° 113828-1 (1403012)

Imprimé en France